GOBOOKS
& SITAK
GROUP©

GOBOOKS & SITAK GROUP©

三日月書版

三日月書版

風花雪悅
illust BSM
II
無瞳之眼
瞳の無い目
The last cry for help
輕世代 BL050
三日月書版

無瞳之眼

瞳の無い目

The last cry for help

CONTENTS

THE LAST CRY FOR HELP

無暗之眼

Character File 001

徐遙

PROFILE

十五歲父親意外亡故，跟隨母親移民美國，大學期間主攻犯罪心理學。

個性冷漠，但又常常幫忙李秩進行罪犯分析，有點外冷內熱。

神祕網路小說作家

「貝葉樹」

THE LAST CRY FOR HELP

無暗之眼

Character File 002

李秩

PROFILE

富有正義感，對待工作非常認真，時常熬夜加班。
是「貝葉樹」的狂熱書迷，對徐遙有超越朋友的好感。

第三案　無盡旋梯（下）

THE LAST CRY FOR HELP

監控室裡，徐遙抱著雙臂，眉頭緊鎖，張藍懊惱地抓了抓頭髮：「豈有此理，居然是來搗亂的……」

「他沒有說謊。」徐遙說道，「而且他解答了我的一個疑問。」

「嗯？」張藍皺眉，「什麼疑問？」

「開會的時候再說吧。」

鏡面玻璃裡，王俊麟已經拿著列印好的筆錄給郭健偉簽名，郭健偉沒有了剛才那種興奮雀躍的神情，垂頭喪氣地拿起筆簽了名。

徐遙想起李秩剛才對郭健偉的無形訓斥：「張隊長，你們副隊長一直都這樣嗎？」

「一直怎樣？」張藍愣了愣才反應過來，「你是說他面癱的表情還是辦案的態度？他一直都是這樣啊，不然你以為他是怎麼當上副隊長的？看你那些偵探小說？」

「那他變了很多。」

徐遙對李秩在警察局裡發生過什麼並不瞭解，他印象中的李秩，還是那個時常無可奈何地爬上七樓，苦口婆心替他調解鄰居紛爭的小員警，頂多就是多了認真學習的熱情讀者這個乖巧身分，和傳統的硬漢警察差得有點遠，是以他聽到李秩對郭健偉說的話，一時間無法把他跟平日的樣子聯繫起來。

張藍不知怎麼了，鮮少地附和了徐遙的話：「是啊，他真的變了很多……」

兩人沉默一會，默契十足地假裝沒有討論過李秩這個人，回到辦公大廳去和眾人會合了。

辦公大廳裡，大家已經在圓桌邊集合，張藍坐在他常坐的位子上，徐遙正想站到另一邊，魏曉萌就把他按在李秩身邊：「徐老師，我們要播放錄影了，你也一起看吧。」

徐遙才想起自己已經可以名正言順地參加調查，便順勢在李秩身邊坐下：「謝謝。」

徐遙坐下後，魏曉萌便投影播放郭健偉偷錄的影片，影片只有十幾秒，光線昏暗，角度較低，只能看見一個戴著面具、穿著斗篷的人在樹叢中說話。那聲音的語調和語速的確像是吵架，但他只有一個人。因為拍攝距離有點遠，即使把音量調到最大，也只能隱約聽見他說的幾句話。

「懦夫！難道你想就這樣泯滅於時間洪流之中嗎？」這是一句激烈的責罵。

「遺臭萬年難道是一件好事?」緊接著，是一句同樣激烈的反駁。

「為什麼要拘泥於凡俗的判斷標準?千百年後，那些正義邪惡都不再重要，只有你的名字會永遠響亮!」

「我不會讓你得逞的!」

「你這個沒用的懦夫!」

那人的身體詭異地扭動著，好像在和什麼人纏鬥，卻都只是在左右互搏，就像默劇裡的演員一般，但他的動作無比真切，甚至把面具都打落了。可惜面具掉落的時候他背對著鏡頭，只看到他把面具狠狠丟到一邊，砸到了躲在那裡郭健偉。郭健偉驚叫一聲，那人也順勢跑了，影片到此結束。

「我聽到過這個詞。」徐遙本來還不太確定，現在卻可以百分百肯定，「今晚襲擊我人，最後也在自言自語般地嘶吼，其中有個詞我聽得很清楚，就是『懦夫』。」

張藍讓魏曉萌把案情整理一份給徐遙，又對李秩問道：「李秩，你說你見過這個戴面具的人，說說是什麼情況?」

「十一月二十日晚上，我在經過悅來社區的時候撞見了一個戴著面具和斗篷的人，當時以為是有人在舉辦萬聖節的慶祝活動，那個人戴的面具和斗篷和影片裡的是一樣的。」李秩解說道，「郭健偉的影片是在十一月二十一日晚上拍攝，羅小芳的案件發生在十一月二十二日，兩天之後，也就是今晚發生的事情。」

「羅小芳的身上有兩種傷口。」徐遙看著資料，一個想法逐漸腦海中成形，他把兩張傷口的照片推到桌子中間，「一種傷口是腹部這種連續的戳刺，羅小芳當時還活著，一定會激烈抵抗，但是凶手沒有停手，哪怕羅小芳已經活不了了；但腰側另一個單獨的傷口就很奇怪，從傷口的深度和刀口來看，這應該是第一刀。這一刀很猶豫，可是僅僅只有這一刀，從第二刀開始，殺手突然變得瘋狂，完全不受自己控制。」

「你的意思是，凶手有雙重人格？」李秩第一個反應過來，「剛剛那個影片裡，是他的兩個人格在爭吵，而在殺害羅小芳的時候，第一刀是他軟弱的人格下手，之後就是那個激進的人格做的？」

「他今晚襲擊我的時候，也表現出這種人格的衝突，我才有時間逃跑。」

「那怎麼辦，如果他有兩種人格，凶手的人格只會在殺人時出現，那他平常的行動就和我們在案發現場推斷的完全不一樣了。」張藍問一個負責聯繫的員警，「DNA比對有發現嗎？監控錄影呢？」

「DNA比對沒有發現匹配的人，監控錄影還在調查中，從築江碼頭可以通往的地方太多了……」

「重點調查從築江碼頭到悅城大學這條路線。」徐遙說道，「李秩曾經在悅來社區見過那個人，悅來社區就在悅城大學旁邊，他的言辭帶著刻意的書卷氣息和翻譯腔調，他一定是在悅城大學附近生活。無論他是學生還是教職員工，都是覺得自己懷才不遇，只能透過這種方式來被別人記住。」

「懷才不遇？」李秩覺得今天好像在哪裡聽過這個形容詞，他飛快地在腦海裡搜索了一陣子，猛地喊出一句話：「悅城大學人文學院！凶手應該是那個學院的學生！」

張藍皺眉：「怎麼說？」

「我下午去找郭健偉照片的時候，人文學院的助教跟我提過，人文學院因為排名問題，不是熱門的科系選項，在那裡的學生都覺得自己是考不好才會來的，而他們學院有一份自創的報紙刊物，常常報導像舊書店、古董店這種老店鋪，所以才有機會接觸到『清如許舊書店』裡的舊書，被那些獵奇的報導吸引刺激，做出模仿犯的行為。」

「悅大人文學院的助教？是叫孫皓嗎？」徐遙想了想，「我們去找他吧，他應該能幫上忙。」

「嗯？」

「他是林森的學生。」

來到悅大教職員工宿舍時已經深夜一點了，孫皓接到李秩的電話，睡衣外套了一件羽絨外套就跑到樓下去接他。看見從警車上下來的徐遙時，他眨了眨眼睛才想起之前好像見過他：「你是……那天在林老師辦公室的徐先生？」

「孫老師你好，大半夜的麻煩你了。」徐遙主動握了握孫皓的手，「但這次事態緊急，要麻煩你聽一下罪犯側寫，幫助我們鎖定嫌疑人。」

聽到「罪犯側寫」的時候，孫皓的眼神變了，他是林森的學生，自然知道這代表著什麼，他讓兩人先進宿舍，再開始對話：「你的側寫中，嫌疑人是我們學院的學生？」

「至少是一個和你們學院關係密切的人。」進了房間，徐遙也不說多餘的開場白，徑直切入主題，「男性，十八到三十歲，不合群，但喜歡向別人展示自己的學問，常常以自負的言論掩飾自卑，對成績好的學生懷有莫名敵意，家境應該不太好，外貌不出眾，衣服不常換洗，有類似舊書的陳腐氣味。」

「等等，讓我想想……」

孫皓拿起筆仔細記錄重點，他皺著眉頭思考，滿是血絲的眼睛都擠成橄欖的形狀。李秩和徐遙移開視線，隨意看著房間裡其他地方，不盯著他給他增加壓力。

孫皓的宿舍是典型的單身風格，沒有多餘的裝飾傢俱，兩座高大的書櫃全都是教學書籍和檔案，書桌上還有攤開的活動策劃書，一顆水晶球充當鎮紙，壓住了一沓還沒批改完的考卷。

李秩可以想像出剛剛加入工作的新人教師被學院前輩壓榨的慘況，同時也更佩服他在如此忙碌的工作中，仍然可以和學生有著良好的關係。

「徐老師，李警官，我真的想不到非常符合側寫的學生。」孫皓抬頭，李秩和徐遙馬上回過頭來聽他說話，「但我有一個想法，這可能不是一個學生。」

「嗯，他可能有雙重人格……」徐遙想，林森的學生果然不凡，竟然能聽出他隱含在側寫中的不合理。

「不，我的意思是，有這麼一個人，但他不是學生。」孫皓卻道，「在我們學校正門口旁邊有一間很小的教科書回收店你們有看見嗎？那間店是一個叫關子卓的人開的，他是一個重讀生，但重讀了三年都沒考上悅大，最後他放棄了，在悅大旁邊開了一間買賣二手教科書的店，他經常指點那些去買教科書的學生怎麼準備考試，我的學生都戲稱他是悅大掃地僧。」

「所以那股舊書的味道不是從袁伯伯那裡來的。」徐遙豁然開朗，「我就說只是在那裡看書應該很難沾染味道，原來是住在舊書店裡。」

李秩道：「謝謝你，孫老師，我現在先過去，請你暫時不要向外界透露……」

「我跟你一起去。」徐遙隨著李秩站起來，「我和他正面對抗過，我可以試著引出他溫和的人格，勸他自首。」

「不行，他是危險人物……」

「李秩，」徐遙擋在他面前，「相信我。」

「你……如果有任何危險，你必須聽我的。」面對徐遙的堅持，李秩只能妥協。

「那在危險出現之前，你也必須聽我的。」

徐遙說罷，就大步走出門，李秩輕嘆口氣，無奈跟上。孫皓追上幾步拉住李秩：「李警官，不會對學生造成危險吧？」

「孫老師你放心，我一定不會讓他傷害學生的。」李秩安撫他一句，就轉身追上徐遙。

孫皓看著他們離開，擔憂地捧起桌子上的水晶球：「但願一切都好……」

悅大正門口是一處開闊的廣場，廣場左右分布著各式以學生為消費族群的店鋪。此時夜深人靜，店鋪全都關門了，只有兩家二十四小時營業的便利商店透著光亮，映照著店員睏倦的臉。在街道盡頭，一家不顯眼藍色店面半掩著門，門口放著一個看板，用特大號的黑體寫著「**舊書回收**」四個字。

店門裡，一個梳著中分的男人正坐在一張充當櫃檯的舊木桌旁邊發呆，他的鼻子高高腫起一塊，還貼著透氣膠布，身上穿著一件破舊的外套，桌上放著一面鏡子，但他的目光並沒有落在鏡中的自己身上。

「不好意思，有人嗎？」

一陣輕輕的推門聲，將男人嚇了一大跳。他轉過頭去，看見一個陌生的高大男人站在門口，一隻手按著門，一隻腳踏進店裡，身體前傾向店裡窺望。

「打烊了。」關子卓皺著眉頭趕人。

「我朋友喝醉了，想借一杯熱水。」李秩一邊說一邊攙扶著一個彎著腰的男人走進門，男人進門就蹲了下來，發出一陣陣乾嘔。李秩拍著他的背埋怨道：「也不是第一次被同事針對，幹嘛每次都喝那麼多，最後還不是自己受苦嗎？」

「我不甘心……憑什麼讓他拿到專案獎！明明應該是我的！」徐遙在衣服上灑了一點啤酒，乍一看真的像是酒醉的人，他一邊指手畫腳地說話，一邊拉著李秩往書店裡走了兩步，靠著一個書架坐下，「你說我有哪裡比不上他？你說！」

「老闆不好意思……哎，你怎麼了？」

「請不要吐在地上。」關子卓怕徐遙真的吐在他的店裡，拿了一個塑膠袋給李秩，又去倒了一杯熱水，「水。」

「謝謝老闆。」李秩借著接水杯的動作握住關子卓的手不放，「別的店家都不讓我們進去，你人真好。」

關子卓想掙脫開李秩的手，卻一時擺脫不了，他垂下眼睛看了看徐遙，徐遙也抬頭看著他：「你是誰啊？你也是來嘲笑我的對不對？哈哈，連其他部門的人都來嘲笑我了……對，我進公司那麼多年都沒得過專案獎，那又怎麼了？啊？來嘲笑我啊，笑啊！」

「你別發酒瘋了。」李秩拍拍徐遙，又把關子卓按到一邊的椅子上，「老闆不好意思，我朋友脾氣有點大，當初進公司的時候躊躇滿志，覺得專案獎一定是他的，可是直到今年都沒拿過，還讓一個後輩搶走了，他心情不好，就喝得多了一點。」

「人生不如意十常八九，看開一點吧。」關子卓感同身受似地勸說了一句，像忽然感受到鼻子上的痛楚，皺著眉頭捂住鼻梁，「我怎麼……」

「老闆，你受傷了？」李秩也關切地問道，「好像挺嚴重的，要不要送你去醫院？」

「不用不用，就是不小心撞到了……」關子卓揉著額頭，難道「他」又瞞著他做了什麼？

「老闆，工作的時候心不在焉很容易犯錯。」徐遙頭靠在書架上，用漫不經心的語氣說道，「一恍神，說不定就做了什麼不可原諒的事。我們這種人，是一步都不能出錯的……」

關子卓一愣，打量了一下徐遙，雖然他兩頰發紅，滿身酒氣，但容貌氣質完全不像窮人的孩子：「你看起來不像出身不好的人。」

「只是外表而已，不打扮得光鮮亮麗，會被別人看不起的。」

徐遙調整了一下姿勢，撩起頭髮，露出額頭上的傷。關子卓渾身一顫，一些記憶模糊地湧現，讓他不自在地扭動一下身體。

「老闆，你是一個好人，我告訴你吧，其實我朋友今天差點做了傻事，他想偷襲那個後輩，還好被我攔下來了，頭也一不小心受了傷。」李秩嘆了口氣，按著關子卓的肩膀，「我都不知道該怎麼勸他才好了。」

「你傷害他也沒用，就算他不在，還是會有其他人，你只能一個個超越，沒有別的方法。」關子卓像在對徐遙說話，卻又像自言自語，「就算很累，也不能停下來，就像爬樓梯，只要你一直往上，總會爬到上面一層的。」

「要是到不了怎麼辦？」徐遙嘆氣，「我不想爬了，我想待在原地，把其他想超過我的人都拉下去。」

「你先想想的你爸媽啊。」李秩說出之前商量好的臺詞，「你要是出了什麼事，他們……」

「你這樣說沒用。」關子卓卻打斷了李秩的話，他甚至拉了拉徐遙的手臂讓他坐好，正對著他說道：「你一定要振作，千萬不可以繼續這樣想，不然有一天你肯定會後悔的，你不能灌溉這種想法……」

「所以你是知道『他』的存在的，對吧？」徐遙反手抓住關子卓，朦朧的醉眼轉瞬變得清明，「謝謝你救了我。」

關子卓打了個寒顫，他瞪大眼睛，死死盯著徐遙的臉：「你、你是什麼人……」

「你對『他』做的事知情嗎？還是說，這都是『他』背著你做的？」徐遙沒有回答他，他相信關子卓是有記憶的，只是不太清晰，「你知道這是不好的，想要阻止他，對嗎？」

「是我弄傷你的嗎？」關子卓逐漸記起了一些打鬥的場面，但混亂的時間感讓他十分困惑，「可是我今天沒有出過門……」

「他要做壞事，所以瞞著你。」李秩指了指他的鼻子，「你是不是也不記得鼻子怎麼受傷的？」

「你不要害怕，我們只是想幫助你。」徐遙說道，「每個人心裡多少都有一些黑暗的想法，就像一隻潛伏的野獸，偶爾會冒出來，但我們的良知能把它攔住；你的野獸卻比較狡猾，他讓你察覺不到，還哄騙你加入他。我知道你的無助，我們想幫助你，你願意和我們一起努力，把他抓起來嗎？」

「可是，他也是為了我……」關子卓轉過臉，躲開徐遙的視線，「他理解我的感受，他知道我是個懦夫，所以才想要幫我……」

「破壞總是比建構更容易。剝奪別人的生命，便是破壞的極致。」徐遙試圖把關子卓的注意力拉回來，「你不是懦夫，他才是。」

「剝奪別人的生命？」關子卓猛地轉過頭，跌坐在地上，「我殺人了？」

「是『他』殺人了。」徐遙按住李秩的膝蓋讓他不要動，以免刺激到關子卓，「我知道這不是你的本意，你也不希望他這樣做。我可以幫你，我能證明是『他』而不是你殺的人，但我需要你的配合，你能跟我一起去警察局嗎？我跟你保證，我一定會幫助你的。」

「你是警察嗎？」關子卓半信半疑。

「我是永安區警察局的副隊長李秩，他是我們的顧問徐遙老師，專門攻讀心理學，他能夠幫助你，我也會幫助你的。」李秩亮出證件，伸手扶他起來，「羅小芳的事情也是他的主意，不是你，對吧？」

「我、我沒有想殺死她，我也不知道怎麼了……」關子卓緊緊抓住李秩的手臂，「她是我的學妹，想要考會計證書，讓我借她一些參考書……我不知道後來發生了什麼，我真的不知道……」

「你不用擔心，我們會有專家來幫你鑑定的，相信我，我不會讓他們把你隨便關起來的。」徐遙也站了起來，和李秩一人一邊把關子卓半攙扶半挾制地夾在中間，「但我們需要你的配合，你願意相信我們嗎？」

關子卓沉默了好一會，他低著頭，兩手緊緊地交握在一起：「我不想讓他傷害其他人……但是我也不想讓別人傷害他……」

「我們不會傷害他，因為他也是你重要的人。」徐遙拍拍他的肩膀，「跟我們回去，好嗎？」

「你們沒騙我？」關子卓終於抬起頭。

「如果我們不想幫你，與其這樣大費周章地欺騙你，直接破門抓人不是更方便嗎？」李秩也搭著他的肩膀，「自首可以減輕判刑，你知道吧？」

「好，我跟你們走……」關子卓嘆了口氣，喃喃自語似地說道，「希望他不會怪我。」

既然說服了關子卓，徐遙便放開他的手臂，關子卓跟著他們走了兩步，忽然嘆氣道：「等等，我鎖一下門。離開那麼久，還是鎖一下門比較好。」

這句話的言外之意讓人忍不住心軟，李秩點點頭，關子卓便走到桌子後面拿起店門鑰匙。當他彎腰打開靠近地面的小抽屜，眼睛落到了桌上的那面鏡子上。

你以為他們真的是來幫助你的嗎？

別傻了，只有我才是願意幫助你的人。

你不信？那你自己看吧！

「關老闆，你怎麼了？」

李秩發現關子卓姿勢僵硬，眉頭緊蹙，他的手按住太陽穴，一臉痛苦。徐遙心中一驚，迅速把鏡子拿走，伸手拉住他：「不要聽他的，你忘了嗎？他騙過你。」

「你們……你們也是騙我的！」

關子卓突然一拍桌面，舉起一把木椅就往徐遙頭上砸！

店裡空間狹窄，無處閃躲，徐遙急忙抬起手臂護著頭，李秩衝上去擋在徐遙身前，木椅砸得稀爛，鏡子同時落地，「匡當」一聲，碎了滿地玻璃。

「別讓他跑了！」徐遙眼角餘光看見關子卓往門外逃竄，大聲喊了起來。李秩一手拉住關子卓的衣服下襬，正要擒住他的肩膀，但一陣寒意讓他下意識縮回了手。

就在他收手的瞬間，一道寒光貼著他的手閃了過去，只見關子卓從書桌底下抽出一把錚亮的短劍，毫不留情地朝李秩刺來。李秩反手一架，格擋住了關子卓的手腕，想要搶走短劍。但此時關子卓的眼神已經完全變了，面對李秩的反抗，他不但沒有退縮，反而發起進攻，身體姿勢不再畏畏縮縮，一腳就把身旁的書架踹倒，李秩不能鬆手，只能任由鐵書架砸在肩膀上，他忍著疼痛側了一下身體，關子卓順勢往下按劍，劍尖直往李秩胸口刺去。

「砰」的一聲，只見徐遙拿起地上一疊厚厚的書往關子卓頭上用力一砸，關子卓被撞得頭暈，往後跌了兩步，徐遙推開壓在李秩身上的書架，回頭時，關子卓已經從後門逃了出去。

「追……」

「站住！」

「別跑！」

「媽的他有武器！」

「小心！」

一陣意外的追捕聲在門外響起，李秩和徐遙都愣住了，徐遙往櫃檯走了兩步，原來在書桌的下面放著一臺防盜錄影監視器，畫面中早已映出在舊書店門外埋伏的警察。

難怪關子卓說他們在欺騙他。

徐遙懊惱地抓了抓頭髮，卻聽見門外響起一聲槍響。

門外響起了一聲示警槍聲，李秩大驚，不顧傷勢跑了出去，卻見七八個員警正圍著一臺小汽車，張藍和王俊麟還舉著槍，一個腿部受傷的員警正被其他人抬到一邊。李秩匆匆一瞥，只見那一劍應該是劃斷了那名員警的腳踝，傷勢頗重。

「我們已經把你包圍了！請立刻放下武器投降！」

張藍一邊向那臺小汽車大聲喊話，一邊逐漸縮小包圍圈，看來關子卓是被逼到了車輛後方。李秩沒有配槍，不敢貿然上前，只能隨著包圍圈慢慢縮小，守在周邊。

「媽的，他跑了！」

終於圍到了小汽車旁邊，張藍上前一看，車後早就沒了人影。那臺小汽車正好停在一間小店鋪的後門，只見門上掛著一把單薄的鎖，早就被人砸開，關子卓逃進店內，已經從前門離開了。

「馬上通知附近的派出所，打電話給交通指揮中心，調出這附近的監視錄影！快點！」

「隊長。」李秩趕到張藍跟前，「你們怎麼會來？」

張藍看見李秩受傷，也很是詫異：「你怎麼會在這裡？不是去找那個助教？」

「我去了啊，孫老師跟我們說那個人應該就是關子卓。」

「你們抓人都不先通知一下嗎？」李秩說話時，徐遙也從店裡走了出來，他四下張望，看見李秩跟張藍便氣衝衝地跑了過來，他朝張藍說道：「你差點把李秩害死。」

張藍皺眉，看徐遙也是一身狼狽：「關子卓是逃出來的……你們也是來抓他的？」

「他有解離性身分疾患，也就是人格分裂，剛剛我們已經勸服他的主人格跟我們回去自首。」徐遙也只能無奈嘆氣，「你們是怎麼過來的？」

「我們接到了一通奇怪的電話，大概一個小時前，有一個人報警說有一個滿臉是血的男人搶了他的摩托車，正好在築江碼頭附近。我們跟蹤那輛摩托車，來到了這裡。」張藍指了指一輛停在二手書店門口的摩托車，「就是那輛摩托車。」

這麼湊巧？

徐遙皺眉，但他也無暇顧及這是巧合還是人為：「剛剛那個人叫關子卓，就是這一系列案件的凶手，我需要他所有的資料，麻煩你讓魏曉萌盡快把資料傳給我。李秩，送我去悅城圖書館，快點！」

「……好。」

李秩看了看張藍，張藍比了個「去吧」的手勢，他才跑去開車，一邊發動車子，一邊問徐遙：「為什麼要去悅城圖書館？」

「我撿到這個。」徐遙揚了揚一張圖書館會員卡，「上面寫的有效期限是三年，你記得孫皓說他重讀三年都沒考上大學嗎？他家境不好，不可能有錢讓他重讀的，我覺得他這三年應該是在圖書館自習，想通過自學考上悅城大學，但是三年都沒考上。這是一個對他來說意義非凡的地方，是他向現實屈服前最後一個奮鬥的地方，他一定會去那裡的。」

「為什麼要去意義重大的地方？」李秩聽出了話裡隱藏的暗示，「難道他還想殺人？」

「是的，他還要再殺一個人。」徐遙沉下臉色，「他要殺死他自己。」

關子卓在一片黑暗中醒來，他先是覺得鼻子一陣疼痛，往臉上一摸，全是鮮血。

「不要動，剛剛發生衝突的時候又撞到了。」

一個熟悉的聲音在耳邊響起，關子卓急忙問道：「衝突？怎麼又有衝突？你又和誰打架了？」

「你不用管，都交給我就好了。」

「我怎麼可以不管？警察都找上門了！」關子卓摸黑起身，他眨了眨眼睛，適應了一下黑暗，隱約看見一些桌椅，「你真的殺人了？」

「都是你這個懦夫，我才會出手的。」那人十分不耐煩，「連在酒吧裡搭訕女人都辦不到，我還能指望你做什麼？」

「羅小芳是我先動手的。」關子卓皺了皺眉頭，牽扯到鼻子，不禁發出一聲痛苦的呻吟。

「你還好意思說，一看到對方逃跑你就慌了，要不是我幫你補了幾刀，你當時就被抓到了！」對方嘆口氣，輕輕撫摸著關子卓的額頭，讓他放鬆，「好了好了，我們別互相指責了，不管怎樣，現在我們只能依靠對方了。」

關子卓長嘆一口氣：「可是我們還能怎麼辦呢？警察已經查到我們了，肯定會通知家裡……」

「我知道你累了。」那人給他一個擁抱，拍了拍他的背，「這麼多年來，你已經很努力了。不用擔心，接下來的事情交給我吧。」

「交給你？怎麼交給你？」關子卓冷哼一聲，推開他，「你以為再模仿那些凶手、繼續殺幾個人，就能得到什麼名聲嗎？沒用的，我們不會再有翻身機會了。我們永遠都爬不完那道階梯，永遠都到不了上面的那一層。」

「你總是這樣循規蹈矩，才會陷入無窮無盡的掙扎！為什麼你就是不明白，只有打破規則的人才會成為傳奇，才會被人銘記！」那人彷彿演繹戲劇般的腔調，既讓人覺得荒謬滑稽，又讓人心寒怵怵，「你永遠只會爬著沒有盡頭的階梯，難道就沒想過還有別的方式嗎？」

「我想過……我當然想過！」關子卓捂著眼睛抽泣起來，「你明明知道我比誰都希望能出現在榜單上，不然我也不會把王曉琳推下樓梯……」

「你現在需要比把一個女生推下樓梯更大的勇氣！」那人握住關子卓的手，讓他抬起頭來，「榜單有什麼了不起？全鎮第一有什麼了不起？我們應該出現在電視上，讓全世界的人聽到我們的名字都覺得可怕，我們會像開膛手傑克那樣名留青史，我們不需要再爬樓梯了，我們自己就是一幢高樓！」

「那媽媽怎麼辦？」關子卓搖頭，「我們會被世人銘記，但她會被所有人欺負，她那麼辛苦把我們養大，我們不能辜負她。」

「我知道她很辛苦，所以我們更應該闖出一番事業，這樣才對得起她。」那人嘆氣，再次擁抱關子卓，像安撫孩子一樣拍著他的背，「你放心吧，我會照顧好媽媽的，我不會讓別人欺負她，我會讓她走得很安心……」

「什麼？」關子卓猛地一驚，想要推開他，但對方卻把他緊緊抱住，「你瘋了！你怎麼可以傷害我們的母親！」

「我怎麼會傷害她，我只是先送她離開，這樣她就不會被別人輕視和欺負，然後我們就可以沒有顧忌地出發了。」那人用力環著關子卓的背，手上閃現出短劍的寒光，「我知道你很善良，你不忍心，不過沒關係，我來做吧。我一直都在保護你，以後我也會一直保護你，逃亡的日子太辛苦了，你受不了的，就讓我來保護你吧。」

「你要幹什麼?住手!」關子卓背上一陣刺痛，他咬著牙，屈起膝蓋往對方下腹一踹，用力把他踢開。他伸手一摸，背後竟然一片鮮血，「你要殺我?」

「我只是覺得你受了太多苦，以後的事情就交給我吧。」對方從黑暗中逐漸顯現出面容，是一張和關子卓一模一樣、卻有著他未曾有過的冷靜殘酷的臉，

「放心吧，你的痛苦都是假像，閉上眼睛，一切苦難就會消失。」

「你、你想取代我！」關子卓牙關顫抖，「我不會讓你得逞的，我不會讓你傷害媽媽！」

「要是沒有你，要是沒有媽媽，一切都會更輕鬆的。」另一個關子卓不再安撫原來的他，露出壓抑已久的鄙夷，他大步上前，揮劍就往他要害刺了過去。

關子卓不但沒有閃躲，甚至迎了上去，任他將短劍刺穿自己的胸膛。

他也沒想到他會這樣尋死，下意識地抱住了他：「對不起，我必須這樣做……可是我答應你，我一定不會讓你的犧牲白費，我們的名字一定會……什麼？」

「我們是一體的。」只見那把短劍突然出現在原來的關子卓手中，他對準了另一個自己的後心刺了下去，劍尖從他的胸口冒出，血滴落在他的臉上，「你就是我，但我卻不是你。」

你所有的、那些邪惡的念頭，都曾經在我的腦中出現過，它們日積月累，形成了你；但你卻沒有體會過我所感受過的、點點滴滴的溫暖，你不能理解我咬牙堅持的原則，也不能認同我筋疲力竭也想衝破牢籠的努力。

「對不起，讓你這麼難受……對不起。」

劍尖逐漸穿透「他」的胸口，刺進他的眉心，深入他的腦髓，從後腦勺處破骨而出。

從此你中有我，我中有你，我們不再是孤軍作戰，哪怕是走在死亡的道路上。

「鏗鏘」一下響亮的金屬落地聲，讓正在巡邏的圖書館保全嚇了一跳。他循著聲音跑到閱覽室的一角，晃過一道手電筒的光亮：「什麼人……鬼啊！」

只見幽黑之中，一個人以奇怪的姿勢扭曲著，左右手繞著身軀，彷彿在擁抱自己，脖頸彎曲，一臉慘白。保全大叔看過的那些鬼片裡的厲鬼轟地湧上腦海，他尖叫一聲，飛也似地跑向大樓外明亮的地方，連在樓梯上撞到人了也沒有停下腳步。

「哎，大叔……」

「鬼啊！有鬼啊！」

大叔掉了手電筒也不撿，徑直跑了出去，李秩想扶他都來不及，人已經跑得不見蹤影。徐遙撿起手電筒：「我們去看看，可能是關子卓。」

「嗯。」李秩拿過手電筒，把徐遙擋在身後，「我走前面。」

徐遙默許，兩人在手電筒的照明中踏進了閱覽室。也許是保全大叔的反應讓他們有了心理準備，在看到那個詭異扭曲的身影時，兩人迅速地跑了過去，李秩把地上的短劍踢開，把關子卓緊繞著自己左肩的右手掰開，攤平身軀，讓他平躺在地上。

「他怎麼了？」李秩在搬動關子卓的時候，發現他氣息微弱，渾身散發著一種將死之人的氣息，但他身上明明一點外傷也沒有，「難道他服毒自殺？」

「關子卓！關子卓！」徐遙用力拍打著關子卓的臉，朝他大聲喊道，「你醒醒！不能讓他贏你！關子卓！」

「他、他沒贏……」呼吸已經很微弱的關子卓喘了一大口氣，他焦急地在衣服裡摸來摸去，李秩會意，從他口袋裡翻出一部手機，關子卓握著手機，把它交到徐遙手中，「我殺了他，他不會再作惡了……但我要陪著他，我不可以扔下他……」

「不，你不用陪他，你沒有義務陪他！你就是你，你不是他！你已經贏了，你打贏心裡的怪物了！」徐遙抓住關子卓的手，近乎聲嘶力竭，「你不能輸！」

「我要去陪他了……謝謝你……」

關子卓的眼神慢慢凝滯，瞳孔逐漸放大，李秩驚覺他停止了呼吸，連忙幫他做起心肺復甦，但直到救護車趕到，關子卓都沒有任何恢復生命跡象的徵兆。

徐遙看了看關子卓塞給他的手機，那是死者羅小芳的手機。

法醫解剖室，林森穿著工作服，站到解剖臺前，和張紅一起觀察關子卓的「屍體」。

「太神奇了，我雖然知道有這樣的案例，但真正遇到還是第一次。」林森和張紅反覆確認了很多細節，得出關子卓真的是自然死亡的結論，「因為人格的湮滅而使肉體死亡，真是太神奇了……張主任，可不可以把屍檢報告印一份給我，我想要和世界各地的專家研究一下這個課題。」

「這個你要另外申請了，我不能隨便答應你。」張紅摘下口罩，「其實我也是第一次遇見這種情況，屍檢報告要怎麼寫我也很頭痛。」

林森嘆口氣：「也許就像蘇旅說的：人的肉體不過是一間旅館，我們的靈魂只是暫時入住，等到時間了自然就會離開。所有死因，不管是人為傷害還是自然病痛，最終都是靈魂想要離開此處而已。」

一向不算平易近人、甚至有點刻薄的張紅，眼底閃過一抹溫柔：「這麼文藝的理由不能寫到報告裡的。」

「不只是報告，我們的心也需要一個答案。」林森也摘下口罩，他看著張紅的眼睛，似乎意有所指，「就看妳願不願意接受那個答案了。」

「徐遙說他先去看醫院看李秩，要不要我送你回去？」張紅別過臉，生硬地打斷了這個話題，「你今天還有課吧？」

「不用了，我也沒老到那種地步吧？」林森誇張地指了指自己的臉，「徐遙還叫我森哥呢。」

「那是因為，他是一個好人……」

莫名其妙被發了好人卡的徐遙並不知道林森和張紅原來是認識的，他只是覺得關子卓不一定是真正的死亡，可能還能透過某些方式喚醒他，才連夜請了林森過來。但經過反覆檢查，關子卓仍然沒有任何生命跡象，他也不得不接受這個結果——關子卓的兩個人格在精神世界廝殺，最終同歸於盡，於是他的大腦認為兩個「主人」都死了，所以讓身體也一同死去。

在過去研究的案例中，也有人格之間互相吞噬，取代彼此的案例。一些想要反抗邪惡人格的主人格，往往是透過肉體自殺的方法阻止邪惡的一面，但關子卓完全沒有外傷，單憑精神層面的搏鬥，就把一個激進暴戾的人格消滅了。

也許他的主人格並不是想像中的懦弱和善，同樣包含著某種暴力傾向，只是他依舊有著不可僭越的底線，有著不能放棄的原則，才讓他抵抗住了與之相比更加輕鬆的墮落，堅持著一條艱難的道路。

但那條底線、那個原則到底是什麼呢？

關子卓永遠也回答不了這個問題，徐遙有點懊惱，要是他知道就好了。那樣至少能有一個成功例子告訴他，到底怎樣才能抵抗住內心邪惡的誘惑。

徐遙深深地嘆了口氣，把手中的咖啡一飲而盡。

急診室的簾子拉開，李秩一邊穿外套一邊向醫生道謝，徐遙走了過去：「沒有斷手斷腳吧？」

「沒事，都是輕微的外傷。」李秩穿好外套，他外套肩膀的位置在打鬥時扯裂了一道口子，徐遙指了指示意他整理一下，李秩搖頭：「沒關係，我回去補一下就好了。」

徐遙失笑：「你還會自己補衣服啊？」

「從事這個行業，擦碰受傷在所難免，總不能所有衣服都破了就丟掉吧，那也太浪費了。」李秩搔搔髮尾，「說起來還要謝謝你，要不是你敲了關子卓那一下，被劃破的就不只是衣服了。」

「那種情況下誰都會這麼做吧？」徐遙推卻了這份謝意，把話題轉向案件，「你還回警局嗎？」

「當然回啊，報告我都還不知道該怎麼寫呢。」關子卓死得那麼離奇，李秩想想就頭痛，「哦，徐老師你不用管我，快回去休息吧，都忙一整個晚上了，你還受了傷呢。」

「我沒事。」徐遙果斷拒絕了這個建議，「這份報告不只是死因難寫，還有作為凶器的那把短劍，你們不是已經查過短劍的買賣管道了嗎？我們都看到了，關子卓用的劍不可能是自己打磨的，而是一把煅製好的短劍，那他是怎麼得到這把劍的？」

李秩有點恍惚，覺得這個問題本質上和何樂為的問題是一樣的：何銀川和許慕心的案件中，她們是怎麼得到炸藥的？

對了，何樂為說過他要去調查炸藥的來源，他會不會動用反恐方面的線人去調查這種危險爆炸物品的來源呢？如果會，那他去美舒電子的時候，他的線人是因為被發現了所以才沒出現的嗎？那何樂為被栽贓，也是因為他在調查炸藥的來源？

徐遙見李秩愣愣地不說話，蹙起眉尖在他面前揮了揮手：「你怎麼了？」

「沒什麼，就是覺得有些不太對勁……」李秩想著，就拿出電話打回警局，「喂，隊長，我是李秩，何隊長走了嗎……走了？沒什麼，我想問他一些事，就是關於凶器來源的問題……」

李秩跟張藍打電話，徐遙避嫌地走到一邊。忙碌了一日一夜，他的確很累，乾脆在椅子上坐了下來。

現在案件結束，他終於有時間思考之前張藍說過的話了。張藍質疑他接近李秩，是為了當年他父親的案件，這是很合理的推斷，畢竟馬天行也是當年案件的證人之一。可是，他為什麼要提到林森？

雖然林森現在是警察大學的教授，可是他並沒有實際的權力，就算他認識一些高官，在沒有新證據出現之前，他也說服不了他們重啟案件。

不對，雖然沒有新證據，但最重要的嫌疑人——徐遙回來了。

難道林森也在懷疑他是凶手？他的恩師是被自己的兒子殺害的，但二十年前卻被他逃脫了，所以現在趁他回來，就利用自己的人脈逼警察重啟案件，不想再讓他逍遙法外？

徐遙覺得頭異常疼痛：不，不會的，森哥對他那麼好，不可能懷疑他……可是，有沒有可能他只是在假裝友好，趁機觀察著他的一舉一動，藉此找到證據？

嚴重的睡眠不足和降低的腎上腺素讓徐遙格外疲累，他的思維無法運轉，彷彿進入了死巷，他揉了揉臉頰，深吸一口氣，伸了個懶腰，想要放鬆一下大腦。

可是這一放鬆，整個人就癱軟下來，他甚至沒意識到睏意襲來，就已經靠在椅子上睡著了。

於是，李秩向張藍彙報完後，一轉身就看見徐遙伸長著兩條腿，兩手垂在身側，歪著脖子靠著牆壁，圓框眼鏡滑到了鼻梁上的懵懂睡相。

李秩失笑，徐遙只比他矮了一點，也是一百八十公分的身高，長腿一伸，頗有阻礙行人通行的嫌疑，他幾乎是習慣性地第一時間就想到他這樣又要被別人檢舉了，便走過去抓住他肩膀輕輕地搖晃：「徐老師，你醒醒。」

「嗯……」徐遙睡意濃重，發出一聲沉沉的鼻音，順著李秩的力度一晃，整個人歪倒在李秩身上，頭剛好卡在他的肩窩處。大概是覺得這樣靠著挺舒服的，還順勢用頭髮蹭了蹭李秩的脖子。

李秩一時間僵在原地，徐遙的嘴唇不經意擦過他的皮膚，一瞬間讓他心如擂鼓。

先不說這是他仰慕已久的作家，也不管他是不是聰明絕頂的犯罪學家，光是這麼一個柔美漂亮、高䠷順眼的男人，卸下了刻薄冷漠的盔甲，如此安心地在你懷中熟睡，也很難不讓性別男、性取向男、單身接近十年的李秩心動。

李秩的手還搭在徐遙肩上，不敢放開也不敢握緊，彷彿抵在一片針尖上，掌心都在冒汗。

沒、沒什麼大不了的，徐老師長那麼好看，還那麼聰明，雖然性情冷淡了一點，但是為死者伸張正義的心是那麼地火熱，我喜歡他多正常啊，而且我本來就是他的書迷啊，這多正常……

對啊，徐老師那麼好，我喜歡他多正常啊。

李秩豁然開朗。對，他就是喜歡徐遙，不止是讀者對作家的喜歡，更是戀人之間的那種喜歡。

誰跟你是戀人了，李秩你是不是累傻了啊？

李秩不自覺地搖了搖頭，他肯定是累過頭了，徐老師是一個男人啊，怎麼可能接受我啊？

不過，他認識徐遙那麼久，好像也沒有見過他有女朋友？但他那麼宅，也許有，只是大家都不知道，但可以肯定的是他絕對沒有男朋友，不然那些街坊鄰居不可能不知道……

李秩正兀自胡亂猜測，手機忽然響了，徐遙瞬間驚醒，連忙起身退開，用甩頭清醒過來：「對不起，我太累了……」

「沒事，你還是回去休息吧，剩下的工作我們會處理的。」那一片離開的體溫讓李秩有些不捨，但他保持著禮貌的距離，沒有做出逾矩的動作，「我幫你叫計程車吧？」

「不用了，我走回去就好了，這裡離旅館不遠……」徐遙揉揉眼睛，總算清醒了一點，他站起來，李秩也跟在他身後，看樣子是想先送他回旅館再到警局，「李秩，我可不可以問你一個問題？」

李秩點頭：「你問。」

「你說你曾經受過很重的傷，是發生了什麼事？」徐遙不知道為什麼在夢中想起了李秩跟他說過的話，讓他覺得他們在冥冥之中好像有什麼關聯。

「被我爸打的，自己的親生父親總不能反抗吧，所以就被打得特別慘。」

李秩心裡一緊，難道徐遙看出什麼了嗎？

徐遙很是吃驚：「下手那麼重？你做了什麼事嗎？」

「我……」李秩有點猶豫，他擔心自己說出真相，徐遙會疏遠他。雖然他不是沒遭受過這種對待，但如果他不說，難道以後就能瞞過徐遙嗎？「我出櫃了。」

徐遙停住腳步，他沒想到李秩會跟他坦白如此私人的問題，他並不覺得他們有熟悉到這種地步啊？

「徐老師，要是你覺得不自在的話，以後辦案的時候，我就不跟著你了，你千萬不要因此不當我們的顧問了。」李秩連忙補充，「我不會介意的，任何人都有權利選擇和什麼樣的人當朋友，我不會對你的選擇做出任何評價的。」

「你不跟著我，也要有一個人負責出示證件才行吧？那誰跟我去辦案呢？」

徐遙沉默了一會，才慢慢說道：「張藍嗎？他不趕我走已經很給面子了。魏曉萌嗎?遇到犯人是我負責對峙呢,還是讓她去?王俊麟嗎?當跑腿還可以,但跟他解釋完犯人都跑了……」

「所以,您的意思是,還是讓我跟著您學習嗎?」李秩聽徐遙彎彎繞繞地把他們警局裡的人都嫌棄了一遍,才小心翼翼地反問,甚至都用了「您」這個稱呼。

「你後天下午有空嗎?」徐遙翻了個白眼,「我家裝修好了,但為了鋪地板,傢俱都移開了,你應該見過我家的布置,幫我恢復一下吧。」

「好!」

不管那天有空有空,反正李秩先一口答應了。

徐遙的唇角泛起一個幾乎看不見的弧度,從鼻子裡發出一下只有氣息的笑聲,繼續往旅館方向走去。李秩連忙跟上,滿臉都是跟早晨九點鐘的太陽一樣燦爛的笑容。

第四案　撒旦神蹟

THE LAST CRY FOR HELP

關子卓的案件結束後，徐遙在旅館睡了足足十二個小時才被他的責任編輯黃嘉麗的電話吵醒。他摸到床頭櫃上的手機，聲音沙啞地「喂」了一聲。

「徐大作家，你總算願意接電話了。我還以為你熬夜猝死在家裡，打算幫你報警呢，你這種獨居宅男真讓人放不下心。」

黃嘉麗從徐遙歸國後就一直擔任他的責編，從一個剛剛畢業的新鮮人到事業家庭兩不誤的人生贏家，算得上是徐遙關係最為密切的人之一。她常常擔心他一個人宅在家裡會出什麼心理問題，有事沒事就會打電話傳簡訊給他。徐遙從一開始的抗拒到接受，明白了她就是那種會不由自主地照顧所有人的性格，並不是帶著男女之情。然後一年前她當了媽媽，對徐遙的態度就更加像個老媽子，只差沒幫他介紹對象相親了。

「我睡太熟了而已。」徐遙這才發現她打了十幾通電話給他，「怎麼了？」

「我看了你的新連載，涉及到警察方面的題材，主編說要特別注意。」黃嘉麗同時也負責徐遙網路上的專欄，「你什麼時候有空過來一趟，我們商量一些細節的問題。」

「我明天還要整理家裡，過幾天吧。」徐遙拉開窗簾，外面已經一片漆黑，只有馬路上的車流拖著一道道亮光流淌而過，「這篇文應該只是短篇，我不算寫成系列。」

「沒問題，我先幫你準備一下資料……你剛起床吧，別吃泡麵了，要好好吃飯，知道嗎？」

徐遙失笑：「黃大小姐，我住在旅館，總可以叫客房服務吧？」

「旅館那些餐食又貴又難吃，你走幾步去餐廳吃飯就那麼難嗎？」黃嘉麗嘆氣道，「你真的很不會照顧自己，要快點找個人……」

「好了好了，我去吃飯了。」

徐遙趕緊在她催婚前把掛掉電話，他認真地伸了個懶腰，打開手機叫外送服務，但一退回首頁，就看見一條語氣小心翼翼的訊息：「徐老師您好，希望沒有打擾您休息。請問明天約幾點？我去接您可以嗎？」

不用看寄件人都知道這是李秩。徐遙愣了愣，才想起自己昨天在極度疲勞的狀態下，對李秩的自白作出了不太恰當的回應。他不禁拍了拍額頭，懊惱自己怎麼會讓他踏入自己的私人領域。

一定是他太累了，而且李秩那時候也挺慘的，不僅渾身受傷，還一臉委屈地說什麼如果他介意他就不再跟著他了，分明是以退為進，自己才會上當的。

徐遙自顧自地解釋，忽然放棄似地笑了。自己這是在幹嘛？都是成年人，答應就答應了，還找什麼藉口。難道他可以否認自己對李秩也有一點好感這個事實嗎？

不對，這不叫好感，這是他還沒反應過來，李秩就已經滲透了他的生活，是讓他措手不及的物理和心理雙重入侵。現實中，李秩為他排解鄰居紛擾；精神上，李秩能和他的文字產生共鳴。而更可怕的是，現實還和精神重合在一起了。如果李秩非要一步步逼近，他也只能一步步後退，直到無路可退，他根本沒有能力，也沒有意願把他推開。

對於真誠、善良、正義、勇敢、溫柔等等的美好品質，徐遙一直都是無能為力的，就像林森，就像袁清，就像黃嘉麗。

何況李秩不只有以上的優良品質，還要再加上帥氣的外表。

徐遙忍不住揉了揉眉心：幹嘛啊，人家又沒跟你表白，只是說明一下他的性取向以免產生誤會罷了。他又不知道你也是，你幹嘛這麼自戀，以為人家想對你做些什麼？

如此這般，經過了一分鐘的掙扎，徐遙回了李秩一條訊息：「中午十二點半，旅館門口見。」

李秩感覺到口袋裡的手機震動了幾下，但他現在不能去看——他和張藍兩人正在向千山的辦公室裡，站姿挺拔地等候問話。

「李秩。」向千山先向李秩開口，「這次的案件調查中，你的表現不錯。」

「謝謝局長。」李秩聽不出什麼言外之意，只能道謝。

「但是最後真凶死亡這一點真的太難讓社會大眾相信了，報告上還是寫犯人畏罪自殺吧。林教授也贊同我們的做法，避免替罪犯增加傳奇色彩，減少輿論獵奇的宣傳。」向千山忽然提到林森，「你是怎麼想到請林教授過來為我們提供意見的？」

李秩頓了頓，他稍稍轉過眼睛瞥了張藍一眼，張藍會意，接過話題：「林教授有一位朋友，叫做徐遙，是一位歸國的犯罪心理學專家。他在這次案件中為我們警方提供了專業的意見幫助，是他向林森發出邀請，我們也覺得這件案子中的『死因』需要一個權威的專家來進行鑑別，所以讓他對關子卓進行檢查。」

「徐遙？」向千山皺眉，「徐峰的兒子？」

張藍點頭：「是的。」

「李秩，你先出去。」

「嗯？」李秩正好奇徐峰是誰、為什麼局長會認識他，就被趕出了辦公室。他詫異地看著關上的門，感覺自己被隔絕在什麼祕密之外。

算了，也許真的是有什麼機密的案件……但這個機密的案件難道跟徐遙有關？

李秩甩甩頭，把沒有根據的猜想甩開，他查看了手機簡訊，嘴角咧開大大的笑容，幹勁十足地跑回去工作了。

而那道門裡，張藍對局長比了一個「厲害」的拇指：「局長，你是怎麼知道我沒有讓李秩知道徐峰的案件的？」

「要是李秩知道了，他聽到徐峰的名字會是這種表情嗎？」向千山對李泓和李秩的父子關係知道的不比張藍少，「徐遙又是怎麼回事？」

「我也是最近才知道原來他在國內，而且就住在李秩以前工作的社區裡，李秩早就認識他了，然後在最近的案子中他都或多或少有參與。」張藍如實相告，「我一開始也覺得他是為了他父親的案件來的，但我試探過他，他似乎對此毫不在意，而且最重要的，是他似乎對林森的舉動一無所知，只是跟林森關係比較好，也沒有在大學裡任職的意願。」

「林森要是從徐遙口中知道當年辦案的過程，他就更有底氣要求成立犯罪研究小組了。」向千山沉吟，「檔案你有保管好吧？」

「安穩地鎖在櫃子裡，我會找個適合的時機跟李秩說的。」張藍拍拍胸口，見向千山的臉色比較緩和了才說道：「其實局長，我有一個想法，所謂『進攻就是最好的防守』，我想讓徐遙繼續在警局裡當顧問，也方便隨時留意他有什麼動靜。」

「你有把握控制住這件事的話，我會配合你的。」向千山說的「配合」，自然是說服李泓，「你還是盡快和李秩溝通吧。」

「嗯……」

張藍離開向千山的辦公室，心裡正計畫著什麼時候再把李秩邀請到家裡吃飯，手機就響了。

「說話。」

「隊長，剛剛有人在悅城大學發宗教傳單，學校保全進行驅離的時候和他們發生了衝突，兩邊都說要報警，副隊長已經帶人過去了。」魏曉萌簡述案情的時候永遠清晰明瞭。

「那不就好了，幹嘛打給我？」

「副隊長去的時候，發現情況有點失控，因為那個宗教團體的宣傳大使是梁尚文……」魏曉萌想了想，補充說明：「梁尚文是最近很紅的男明星，所以現場有很多他的粉絲，而且大多數都是女生，副隊長想帶走那些發傳單的人的時候，被粉絲圍起來了。」

「哇靠，那些女生瞎了嗎？誰會比我們家李秩更帥？」張藍馬上往外跑，「跟李秩說誰再擋路就一併請回警局，我幫她們準備一間大房間讓她們好好舉辦粉絲見面會。」

「沒有，副隊長已經處理好了，相關人士都帶回來了，只是當時的情況被拍了下來，現在在網路上瘋狂傳播，我想隊長你可能要跟局長彙報一下。」

跑到半路的張藍來了個緊急剎車，頓時哭笑不得：這下好了，剛出來又要進去，希望局長不要敲爆他的頭才好。

萌。

「隊長都知道了吧？」李秩剛從偵訊室出來，把簽名確認的筆錄交給魏曉萌。

「知道了，他說他會晚點回來。」魏曉萌說著，就看見梁肖文在律師的陪同下走了出來。儘管身處警察局，梁肖文依舊神情自若，好像只是到了一個布置成警局的場景裡拍戲似的，魏曉萌悄悄問李秩：「大明星沒有為難你吧？」

「沒有，很配合，不管問什麼都回答得非常詳細。大概是當明星壓力太大，就信仰宗教減輕心理負擔，跟他說法律規定不能未經申請進行大型傳教活動後，他也認錯了。」李秩指了指筆錄上的一個詞，「但我沒聽說過這個宗教，曉萌妳知道嗎？」

「佐福社……這是什麼東西啊？基督教的分會嗎？」魏曉萌看了看那個詞，旁邊還有一個「OPHUS」的英文，「這是什麼？」

「他說是佐福社的縮寫，還給了我這個。」李秩哭笑不得地放了一個鑰匙圈在桌面上，正面刻著「OPHUS」，背面刻著一個不知道什麼語言的單字，應該是一種宣傳口號。

魏曉萌也忍不住笑了：「也許是信佛信耶穌的明星太多了，他想開闢一個新的賣點吧。對了副隊長，那些影片……」

李秩搖搖頭，滿不在乎地笑道：「我不擅長這個，反正已經跟隊長報備過了，就交給他處理吧。」

魏曉萌眨眨眼睛：「副隊長，你今天一直在笑啊，明天你休假，是有什麼重要的約會嗎？」

李秩像是考試作弊被抓到一般，頓時結結巴巴：「沒、沒有……哪有什麼約會！」

「哦——」魏曉萌看見李秩困窘的模樣，幾乎猜到了真相。她不再取笑副隊長，繼續低頭處理事情。

李秩趕緊趁沒人繼續問起這個話題，飛快地溜走，難得有一天可以準時下班，他整顆心都已經飛了出去，恨不得時間馬上就到明天，讓他可以立刻去旅館接徐遙。

走出警局的梁肖文被律師和他的哥哥兼助理掩護著上了保姆車，關上車門拉上簾子，哥哥梁肖武立刻劈頭責罵起梁肖文：「你是不是瘋了！這哪是宣傳活動？社群網站上說兩句就夠了，你居然還跑去大學發傳單！你是不是想變回那個一無所有的打工仔？你以為自己真的有什麼影響力嗎？還敢跟警察起衝突？」

梁尚文垂著眼睛，長而細密的睫毛遮住了他棕褐色的眼珠：「我沒犯罪，只是沒考慮到人會這麼多，下次我會注意的……」

「還有下次？」梁尚武用力往他頭上一拍，把他一直戴著的鴨舌帽都打掉了。

梁尚文猛地抬起頭，瞪著棕褐色的眼珠看著他的哥哥，彷彿隨時都要落下眼淚的眼神，簡直像是一隻受驚的小狗——看來，他確實有一張能讓粉絲瘋狂的臉。

律師劉開忠見狀，幫梁尚文撿起帽子拍拍灰塵，又安撫梁尚武道：「這的確不是犯罪，只是違規了。只要發個通告真誠道歉，說自己粗心大意，以後不會再犯就好了。剛剛也沒發生什麼大事，就是被批評了一下而已，不用太擔心。」

聽到沒有嚴重後果，梁尚武才稍稍放心，他把鴨舌帽拿過來，幫梁尚文戴上：「待會見了小敏姐，先道歉認錯。唉，總是不讓人省心，還好我來照顧你了。」

「謝謝哥……」

梁尚文說了句謝謝，便拉下帽簷遮住臉，縮到了後座的角落裡。

他的手機震動了一下，點開來，是來自一個叫「Ras」的人的簡訊：「**雖然還有些不成熟，但OPHUS會理解並接受你的真誠。**」

這是上車那麼久之後，梁尚文第一次綻開笑容，他的手機吊飾上，「OPHUS」幾個水鑽鑲嵌的字母在他眼中閃耀著異樣絢爛的光芒。

李秩如約來到旅館門口等徐遙，萬聖節的裝飾還掛在大廳沒有拆除，毛茸茸的蜘蛛網盤踞在沙發正上方的天花板，讓李秩總是忍不住看過去，想提醒坐在沙發上的客人小心那隻蜘蛛一不小心掉了下來。

李秩職業病發作，專心地環顧四周觀察安全問題，完全沒發現徐遙從電梯裡走了出來。徐遙一眼就看見李秩苦大仇深地仰著頭，皺著眉頭似乎在思考什麼嚴重的問題，心想難道是有什麼案件發生，就看見他轉身走向旅館的櫃檯。

「不好意思，我只是建議一下，那隻蜘蛛的重量看起來不是很輕，光靠幾根釣魚線吊著恐怕有點危險，你們可不可以考慮把它移動到沒有人停留的地方，比如那個盆栽的上方？」

「哦，好的好的，我們馬上處理，謝謝提醒。」

徐遙笑了，他走到李秩身後，調侃道：「李警官，業務範圍挺廣啊。」

「徐老師好！」李秩瞬間站得筆直，徐遙還以為他下一秒就要舉手敬禮了，還好他只是接過他拿著的行李袋，「你吃飯了嗎？要不要先去吃午餐，還是直接去你家？」

「我吃過了。」徐遙愣了愣，「你還沒吃飯？」

其實李秩剛處理完一個案件就趕過來了，根本沒時間吃飯，但他卻說道：「睡過頭就沒吃了，沒關係，我車上有麵包……」

「李警官，你知道泡麵企業是因為什麼而破產的嗎？」

「啊？」

「因為迅速發展的外送服務。」徐遙向他翻了個白眼，一邊往門外走，一邊拿手機點了外送。

李秩還在認真思考泡麵企業和外送之間的愛恨情仇，以為徐遙想闡述什麼理論，直到看他點了外送給自己才反應過來，趕緊上前幫他打開車門：「謝謝徐老師！」

「你別叫我徐老師了，好奇怪。」徐遙說罷，就自顧自鑽進車中。

李秩在車門外愣了半秒，不叫他徐老師，那……

「那、那叫你徐遙嗎？」

「名字本來就是用來叫的。」徐遙不耐煩說道，「還不上車？」

「哦，這就來了！」

李秩迅速坐上駕駛座，直到車子開出去一大段路，「我們的關係又接近一點了」的激動心情才漸漸平復下來。

徐遙家裡裝修了一個月，但在李秩看來幾乎沒有任何變化。一樣八〇年代風格的磁磚地面，刷白的牆面，連復古的圓弧狀拱形門都保留著，只不過是翻修了一遍。可是在徐遙看來，卻已經是翻天覆地的變化，他摸了摸潔白的牆面，環保油漆覆蓋的牆身再也不會沾染一手白色的粉末。

李秩發覺徐遙對著一面牆斂眉沉思，立刻脫下外套捲起袖子：「徐遙，這個櫃子原本是放在那邊的吧？」

「嗯？」徐遙回過神，只見李秩試圖搬動一個兩公尺高的實木傢俱櫃，不禁莞爾。他走過去扶著櫃子的另一端，「對，是放在那邊的……你小心一點，這是三十年的古董。」

「三十年也能算古董嗎……」

「別廢話，搬。」

兩人合力把亂放的傢俱重新整理好，雖然徐遙只有一個人住，但父母留下來的東西他一件都沒有丟掉，在不算大的空間裡，這仍然是一個浩大的工程。足足過了一個小時，兩人終於把兩房一廳整理好，當最後一張椅子被擺正後，空腹勞動的李秩終於忍不住癱坐在客廳沙發上，伸了個大大的懶腰：「嗚啊！總算搬完了！」

沒人回應他，因為徐遙去樓下拿外送了。沒有電梯的七樓，他自己下去拿餐點以免外送人員浪費太多時間。李秩轉了轉脖子，乍一看雖然沒什麼改變，實際上還是有很多細緻的地方不一樣了。比如鋪砌磁磚的方式不再是用水泥黏合，而是改用更環保的材料；比如已經不符合現代規格的桶裝瓦斯也被拆除，換成了專用的天然氣管線。儘管徐遙十分懷念他的父母，想要維持舊居的面貌，但畢竟記憶是死的人是活的，居住環境必然會變得更加適合人的需求。

其實還有很多可以感慨的東西，但李秩忽然擔憂起另一個問題——徐遙只靠寫作能維持生活嗎？就算食衣住行不需要擔心，但裝修可是一筆不小的花費啊！

徐遙剛下樓拿外送，好不容易爬上七樓，一進門就看見李秩愁眉苦臉，不禁詫異：「怎麼了，我家也有什麼安全隱患嗎？」

「徐遙，我能不能問個問題，如果你不想回答就算了。」

李秩的語氣小心翼翼，徐遙更疑惑了，他放下外送，也在沙發上坐下：「你問吧。」

「那個……你平時除了寫作，有其他兼職嗎？」李秩慎之又慎，生怕這個問題會冒犯了徐遙的自尊心，「我沒別的意思，只是想裝修應該花了不少錢……」

「噗！」

徐遙噗哧一下，大笑起來，笑得李秩都愣住了。他認識徐遙那麼久，連淺淡的微笑都沒見過幾次，更別說這樣開懷大笑了。徐遙圓圓的眼睛笑成兩彎新月，總是抿著的唇漾起好看的弧度，露出兩行潔白的牙齒，彷彿李秩說了什麼十分有趣的笑話，讓他笑得眼鏡都滑到鼻梁上。李秩被他笑得既困惑又尷尬，不知所措地摸了摸脖子：「我、我說了什麼好笑的話嗎？」

「李警官，多謝關心，我還有積蓄的。」徐遙好不容易止住笑，才說兩句又開始笑得肩膀都在微微發抖了，他捂著嘴巴說道：「而且，就算我真的山窮水盡了，不是還有你每個月的贊助嗎？都已經算得上是悅城的最低薪資了。」

「啊？」李秩一愣，徐遙已經拿出手機點開書城APP的作者頁面，只見作者可以查看的贊助榜單上，李秩的ID赫然名列前三，讓他的臉頓時燒了起來，「你……你怎麼知道是我？」

「這都猜不到，我大學不是白念了？」

徐遙還在笑，李秩困窘難當，慌不擇路地拿起電視遙控隨便按了一個頻道，卻意外看見一張熟悉的臉——居然是王俊麟！

徐遙也發現了，他斂起笑容，目光集中到電視上。

電視上是昨天梁尚文發傳單被帶走的新聞，因為是娛樂新聞，記者直接使用圍觀粉絲拍攝的影片，經過剪輯，影像呈現出來的效果像是警察蠻不講理強行把可憐無辜的偶像明星帶走，而王俊麟按照規定在逮捕前大喊了三次「放棄抵抗，原地蹲下」，因為不太討喜的長相跟粗獷的嗓門，讓主持人質疑：梁尚文明顯沒有任何抵抗的動作，有需要被如此大聲責罵？

李秩皺眉，他明明和張藍報備過了，怎麼還是讓這種新聞上了電視？

徐遙看出李秩的擔憂，跟他解釋道：「藝人的形象就是最重要的資本，娛樂公司怎麼能不把矛頭指向你們呢？」

「可是我也在現場啊，他們怎麼只拍王俊麟？」

「你長得帥，放你喊話的影片，會讓人覺得這是警察不畏言論，正義執法。」徐遙聳聳肩，「你別皺眉頭了，人類就是這麼膚淺。」

李秩嘆了口氣：「我也支持信仰自由啊，可是法律規定不能未經申請進行大型聚會活動……」

「你說的不對。」徐遙怕他憂慮起來就沒完了，幫他拆開外送包裝，把筷子遞給他，希望用食物堵住他的嘴，「信仰和宗教是不一樣的。信仰只是單純的原則；你捍衛正義，正義就是你的信仰；你追求愛情，那愛情就是你的信仰。

但宗教不同，宗教是有系統、有組織的，並且以說服更多人相信為前提而存在。在很多種語言中，這兩個詞完全不同，英語裡信仰是『belief』或『faith』，宗教則是『religion』。中文裡很多詞語的意思都被混淆了，而語言的混淆，就是思想混淆的開端。」

李秩一邊吃東西一邊聽講，他看過徐遙那麼多作品，重視語言的社會作用是他小說的特色之一。據他所知，徐遙至少會中、英、日、法四國語言，很多讀者都在評論裡留言問他是不是相關科系畢業的。所以他沒打斷徐遙，任由他繼續闡述語言學的觀點。

「比如在社交關係中，英語把認識的人稱作『acquaintance』，有一定程度瞭解或交往的人才叫『friend』；日語也有對應的『知り合い（SI RI A I）』和『友達（TO MO DA CHI）』；唯有中文都叫『朋友』。儘管偶爾會加上限定形容詞，例如：『普通朋友』或『一般朋友』。但中文的語法結構偏正，所以大家都會預設所有認識的人為朋友，社交界限不明確，這也是大部分人際問題的來源……」

「那、那我是『acquaintance』還是『friend』呢？」李秩趕緊吞下一口飯問道，「這樣跑到你家會不會很冒昧？」

徐遙眉頭皺得都能夾死蒼蠅了：「李警官，你如果是我的學生，期末考一定不及格。」

「啊？」

李秩愣了半晌，徐遙打開附贈的飲料，遞到他手邊：「你不是自己跑來的，是我叫你過來的。」

「……嗯！」

李秩拿起飲料咕嚕咕嚕喝了半瓶——他覺得臉更紅了，連耳朵都在發燙。

趁著李秩低下頭，徐遙垂下眼睛，起身走進了自己的房間。

他打開行李箱，把一份藏在暗層裡的X光片檔案袋放回書櫃的暗格裡。

李秩只請了半天假，這會東西都搬好了，又擔心王俊麟的事情，匆匆吃完飯後便向徐遙告辭。他回到警局，一進門就聽到一陣哄笑，只見所有人都圍在王俊麟身邊調侃他，學著那些惡意的評論陰陽怪氣地捏著喉嚨說話，王俊麟則像說相聲一般一個一個反駁回去。

「我們哥哥又沒做什麼，幹嘛這麼凶！」

「負責執法的公家機關不凶難道要裝可愛？」

「說話就說話，幹嘛動手動腳！」

「靠那麼近，我沒打人已經很克制了好嗎？誰知道身上有沒有攜帶水果刀？」

「警察執法全靠吼？」

「吼不夠道具來湊，手銬馬上帶你走。」

「哈哈哈哈王哥我不行了，你這是專業的相聲演員啊！」

「我跟你說，要不是我骨骼清奇、身手矯健，是萬中無一的練武奇才，早早就投身娛樂事業，現在應該是名嘴了。」

「你們開玩笑就算了，別耽誤正事。欸，李秩你怎麼回來了？」張藍從公共關係科回來，拍了拍站在門口看熱鬧的李秩，「進去啊，站著當門神啊？」

「沒有，我看到電視新聞，所以回來關心一下。」李秩看看王俊麟，忽然覺得他看起來十分樂觀積極，「王哥，你剛剛說的那些是什麼啊？」

「還能是什麼，總不能真的罵回去吧？」王俊麟搖頭晃腦地說道，「想當年我還在網路和部落格上叱吒風雲，這種等級的吵架只是小兒科，可惜我已經改邪歸正，不跟現在的小朋友計較了！」

「嗯？」

這些久遠的網路用語讓李秩愣了愣，張藍失笑，拍了拍王俊麟的頭：「注意一下，現在你是警察了。」

「是的隊長！」

李秩感受到了深刻的代溝，他搖搖頭，向張藍問道：「那公關方面需要我們做什麼嗎？」

「能做什麼？難道真的要罵回去？就讓他們公布完整的影片，再簡述一下執法的程序。」張藍看了看時間，也快到六點了，「來，隊長請你們喝酒，把那些網路暴力一起喝進肚子裡。」

「隊長說得好！前有陳毅沾墨吃餅，後有王哥喝酒忘憂愁！」

王俊麟說著說著大笑了起來，總算是抒發了情緒，他跟張藍勾肩搭背站起身，李秩搖頭笑了笑，說了句「你們就是找我當司機的」，便跟上去了。

晚上七點，徐遙依約來到一間餐廳和編輯黃嘉麗見面。他來得早了一點，等候的時間裡不免和其他人一樣刷起了各種社交軟體。

中午看見的娛樂新聞已經被澄清的影片洗了下去，正如徐遙所料，當不再聚焦王俊麟單獨一個警察身上的時候，便會發現那些看似粗暴的言行並不是針對梁尚文，而是所有執法人員都要遵守的規定。鏡頭掃過李秩向一個拿著手機的路人說：你可以隨便拍攝，但發布影片的時候不要隨便剪輯，這也是造謠的一種，造成負面的社會影響是會開罰的。

這些話要是換成別人來說可能像是威脅，但從李秩的嘴裡說出來，留言評論全都是「警察小哥好冷靜」「哪有這麼帥的警察」「好心警告還不聽，某人的粉絲真是可怕」等等。徐遙失笑，長得好看果然做什麼都特別有說服力。

「徐老師，你今天心情很好啊，發生了什麼好事？」

黃嘉麗一進門就看見徐遙垂眼看著手機笑得一臉得意，她好奇地湊過去，徐遙卻把手機收了起來：「沒什麼，搞笑影片而已，待會傳給妳吧。」

「你也看搞笑影片？我還以為你覺得它們很無聊呢。」黃嘉麗比之前更驚訝了，她當母親之後圓潤了很多，更加像那些愛八卦熟女姐姐了，「讓我看看是什麼影片這麼好笑？」

「……先說正事，我待會還要回家繼續整理。」

徐遙岔開話題，黃嘉麗也沒有勉強，兩人點了餐，邊吃邊聊，黃嘉麗向徐遙說道：「上次我跟你說過把徐若風系列的影視版權賣出去的事情，你考慮得怎麼樣？」

「我還會跟錢過不去嗎？」徐遙道，「可是我要看到具體的公司再做決定。」

「你放心，我們也不會砸了自己的招牌，是『視界影業』。」

視界影業是近年異軍突起的一間影視工作室，成立兩年，只拍過三部冷門題材的電視劇，卻收穫了極好的口碑。徐遙把這個現象稱為「過分單一的產品促成的顧客反向心理」，原本滿屏幕都是以情愛為主旋律的作品，忽然出現一個「這也有人拍」的題材，自然會讓人好奇地想要一探究竟，這時候作品只要有中上的水準就可以了。但這也限制了視界的發展，它們必須保持這種「異化」才能繼續生存，所以會找上徐遙毫不意外。

黃嘉麗看徐遙沒有太大的反應，繼續鼓動道：「而且我聽說，視界剛剛開始籌劃，就已經有好幾個年輕明星想要試徐若風這個角色了。到時候選角你也可以一起參加，視界一向很尊重作者的意見……」

「專業的事情就交給專業的人處理吧，我就不去搗亂了。」徐遙搖搖頭，「妳只是想讓我帶妳去看帥哥而已吧。」

「哎呀，看破不說破嘛！」黃嘉麗吐吐舌頭，女人就算當了母親也永遠保有一顆少女心，「聽說梁尚文也想參加試鏡呢，可是視界一向很排斥他這種靠外表的偶像，我恐怕見不到他了。」

徐遙覺得這名字有點耳熟：「梁尚文……是昨天因為進行非法大型集會被帶走的那個明星嗎？」

「咦，你還看娛樂新聞？」梁嘉麗更驚訝了，她瞇著眼睛打量徐遙，「你真的不太一樣了。」

徐遙疑惑地笑了笑：「什麼不一樣了？」

「就是……變得比較平易近人了，不再懸在空中，什麼都不關心。」黃嘉麗兩手貼在桌上，前傾身體盯著他的眼睛，「你認識了什麼新的朋友嗎？」

徐遙一愣，不禁想起李秩的那個問題：我對你來說，是「acquaintance」還是「friend」？

「沒有，妳想太多了。」

他端起杯子，喝了一口咖啡，香醇中帶著一絲苦澀的味道充斥著口腔。

他若無其事地將咖啡一飲而盡。

「老闆，再來兩盤麻辣小龍蝦，大份的，還有半聽啤酒！」

「好的！」

張藍請客，不用值班的人都一起來聚餐，他們平常吃消夜的店鋪老闆跟他們很熟，從晚餐招待到消夜。李秩打定主意要當司機，所以滴酒未沾，在那裡專心地吃東西。他接過兩盤很快就端上來的麻辣小龍蝦，才發現除了他們就沒幾桌客人了：「老闆啊，你生意怎麼這麼差？」

「唉，別說了，自從發生火災，這一區就被強制翻修，翻修完了，客人也都跑了，現在就指望隔壁容海天地趕快開幕，把人吸引回來。」

消夜攤位於容海美食街，自從上次火災後，經歷修復、重建和整頓，足足歇業了一個月。在這一個月裡，客人都跑到其他地方，生意一時還沒恢復過來。

老闆說到這個話題，也嘆了口氣：「多虧你們把案子調查清楚，不是我們的安全問題，是那個女人報仇殺人，不然客人就更不敢過來了。」

「她……」

「老闆，有人叫你了！」李秩剛剛想說許慕心不是單純的報仇殺人，就被張藍打斷，他支開老闆，對李秩低聲囑咐：「我知道她很可憐，但她的確犯罪了。」

「隊長，你怎麼還當我是小朋友。」李秩道，「我同情她，不代表我會放過她，我只會更加努力，讓像她一樣的殺人犯不會再出現。」

「哇，思想成熟了就這麼囂張？罰你一瓶！」

「那待會誰開車送你們回去啊？」

「大不了跑回去……哎，你要去哪？」張藍拉住站起來的王俊麟，「這一頓是請你的，你居然要早退？」

「我只是去上個廁所，隊長你等著，回來再戰！」

王俊麟笑嘻嘻地敲了敲酒瓶，他臉上緋紅，腳步也有些不穩，轉了幾圈才找到了美食街後面的公共廁所。美食街翻修過後，廁所也跟著煥然一新，就連地面都鋪上新的防滑磁磚。

「這麼高級啊……」王俊麟上完廁所出來洗手，看著鏡子裡的自己齜牙咧嘴了一下。

是啊，他長得不怎麼好看，但他相信這個世界上以貌取人的事情只會發生在不熟識的人之間，只要認真做事，開心做人，沒有人會因為你長不好看就排斥你。

「嘿，有什麼嘛，王哥我意志堅定，這種小事打不倒我的！」

王俊麟感覺那一點點的委屈都被沖進廁所了，他洗過手，哼著歌散步回去。

夜色已深，除了前方美食街的消夜攤有一點人氣，其他地方都沒什麼人，而還沒完全開放的容海天地廣場更是空曠寂寥，在深夜時分顯得有些陰森。

忽然一聲重物倒地的聲音從角落傳來，聲音不大，但在這片寂靜中特別明顯，王俊麟猛地轉身，就看見一個黑影跑了過去。

「誰？站住！」王俊麟反射地追了上去，「警察！站住！」

但那黑影不但沒有停下，反而加快速度，他一身漆黑，還戴著黑色帽子，看起來非常可疑。王俊麟緊追在後，那人被追得急了，一個轉彎鑽進了一條小巷，王俊麟隨後追上，卻被一堆輕質銅管劈頭蓋臉地砸了一身——黑衣人為了擺脫王俊麟，順手把堆放在牆邊的建築材料推倒了。

「哎呀！」

王俊麟被這麼一砸，頓時失去平衡跌倒在地，他撥開礙事的銅管繼續往前追趕，但小巷卻是通往一條大馬路，而黑衣人早已不知去向。

「可惡……」王俊麟深深不忿，他「嘖」了一聲就跑回去向張藍他們彙報。

「隊長，有情況！」

「怎麼上個廁所還摔倒了？」張藍抬頭就看見王俊麟氣喘吁吁地跑過來，褲子膝蓋的位置都破了一道。

「我發現一個可疑人物，追他的時候摔倒的。」王俊麟指向黑衣人逃離的方向，「他一身都是黑的，我說我是警察，他卻跑得更快了，分明是心裡有鬼。」

張藍皺了皺眉頭，叫老闆過來結帳，對大家吩咐：「我們分四組把這四周巡邏一遍，看看有沒有什麼異常，沒有最好，有什麼事情馬上聯繫其他人。」

「是！」

儘管大家都不在值班，也馬上開始執行巡邏的任務，但他們把容海天地廣場附近都看了一遍，卻沒有發現任何異常。

「你是不是喝多了花眼？」會合之後，張藍向王俊麟問道，「會不會是夜跑的民眾？」

「誰夜跑會穿成那樣？再說，正常人也不會到這種僻靜的地方夜跑吧？」王俊麟還是覺得很可疑。

「可是現在也沒什麼異常，還是先回去吧，明天上班調一下監控錄影看看。」張藍拍拍他的背讓他放心，並轉頭對李秩說道：「你送他回去吧，車上有醫藥箱的話幫他清理一下傷口。」

「好的。」

李秩伸手去扶王俊麟，卻被他揮開了：「走就走，扶什麼扶！這點擦傷，塗口水就行啦！」

李秩笑道：「王哥的口水要是有消毒功能，那你應該去醫院上班，而不是警察局。」

王俊麟猛搖頭：「那我一天要舔多少人啊！也太噁心了！」

「哈哈哈哈哈！」

這段插曲悄悄過去，李秩把車開過來，送王俊麟回去。車上，王俊麟依舊碎碎念著那個黑衣怪人，李秩任由他說沒有插嘴。

他看著後視鏡裡逐漸遠去的容海天地，忽然發現它並不伶仃——在它的正對面，是悅城最高級的購物中心，一件普通外套都要五位數的那種高級。

這種反差感讓李秩無可奈何地輕笑，但貧富差距懸殊的社會也只是讓他笑了一下而已。

他把車子駛上馬路，將一地浮華與庸俗都拋在身後。他把王俊麟送回家，自己也回去了。他上午執勤下午搬家晚上繼續巡邏，還陪著他們喝酒，幾乎是躺到床上就睡著了。第二天因為生理時鐘而醒來時，腦袋都還有些昏沉。

他爬起來漱洗，打開電視讓自己清醒一點。

「歡迎收看悅城早安新聞，我是陳晨。今天的悅城並不平靜，藝人梁肖文於今日凌晨五點被發現倒臥於尚未落成的容海天地廣場，此前他曾因非法大型集會而被帶往警局……」

李秩噴了一口泡沫，跑出來緊盯著電視畫面，只見救護人員正把昏迷的梁肖文送上救護車，背景裡可以看見正在忙碌的警務人員，四周舉著手機拍攝的人使交通更加擁塞了。

「梁肖文現已送往容海醫院救治，詳細情形我們將持續為您追蹤報導……」主播還沒說完，李秩已經快速換好衣服，關掉電視往容海天地趕了過去。

容海新天地是以舊的容海廣場為基礎進行翻修重建的專案，本來已經接近完工，先前因為容海美食街的火災停工了一段時間，最近重新動工，卻又發生了傷人事件，而且還是一個家喻戶曉的明星，現在容海集團的老闆大概跟張藍一樣愁眉苦臉了。

「隊長。」李秩出示證件，穿過了封鎖線。雖然不是命案，但梁肖文的影響力還是很大，現場有很多人圍觀，拍照的、發社群網站的、發限時動態的或影片直播的，讓警方不得不在封鎖線外再架設拒馬阻攔。他跑到正在跟刑事技術部的小林小聲交談的張藍身邊，「我看到新聞就過來了，來晚了不好意思。」

「你今天本來就值夜班，這件事有點蹊蹺……」張藍從小林那邊接過初步的現場勘察紀錄，拉著李秩來到案發現場，「你記得這裡嗎？」

「昨晚我們巡邏的地方。」李秩環顧四周，雖然白天跟夜晚的差別很大，但是主體建築、道路規劃還有現場環境都是一模一樣的。就連王俊麟被輕質銅管砸到的地方，銅管依舊散落一地……等等，這不是代表……

「檢驗到王俊麟的DNA了，是嗎？」

「對，他說他在這裡摔倒的，在這裡發現了一點血跡，已經送去比對，但不用等也知道結果了。」張藍指了指距離銅管砸落的地方不到兩百公尺的斜對角，「梁尚文就是在那裡被人發現的。他後腦勺被重物砸過，現在在醫院，暫時不知道情況。但小林告訴我，現場沒有抵抗或拖拽的痕跡，這裡是工地，沙塵比較多，看得比較清晰，但是沒有監視器，無法知道他是什麼時候被什麼人襲擊的。」

「襲擊梁尚文的人應該是他的熟人，或者一個他沒預料到對方會攻擊他的人？」

「比如警察。」張藍依舊眉頭深鎖，「你昨天送王俊麟回家，在他家待了多久？」

李秩回憶了一下：「我送他回去後，幫他處理了一下傷口，大概半個小時吧。」

「確切是幾點？」

「十二點四十五分，我走的時候對面的鄰居開門回家，正好聽到電視在播十二點半的新聞，剛播完第一節，正在進廣告。」李秩忽然反應過來，「隊長，你該不會懷疑王俊麟襲擊梁肖文吧？」

「我就是不懷疑他，才想要排除他的嫌疑。」

張藍點開手機，遞給李秩，梁肖文遇襲的事件已經占據了各大媒體的頭版，並且出現了王俊麟報仇傷人的猜測。李秩緊皺眉頭：「他們怎麼知道我們昨天在這裡……」

「嗯。」張藍下巴往美食街的方向一抬，李秩心裡頓時明瞭。消夜攤的老闆以及附近的攤販和客人，都目睹了他們昨晚的行動，口耳相傳添油加醋，加上王俊麟昨晚的確獨自離開過，嫌疑自然更大了。

「可是我們昨晚就檢查過了，當時梁肖文並不在這裡，王俊麟單獨離開的那段時間是不可能作案的。」

張藍嘆口氣：「我們還是先去醫院吧，看看他傷勢怎樣，能不能確定案發時間……」正說著話，李秩手上的手機響了，上面顯示著「**老向**」。李秩跟張藍面面相覷，最後張藍還是深吸一口氣，接起電話：「局長早……我不是在現場嘛，我也想趕快釐清……還沒確定嫌疑人，為什麼要避嫌……好，我明白了，我會回來交接的。」

「怎麼了？」李秩看著張藍的臉色越來越陰沉，不禁擔心是不是發現了什麼不利的新證據，「什麼避嫌？」

「剛剛醫院傳來消息，梁肖文死了。」張藍揉了揉眉心，「現在案件的性質升級了，根據規定，我們警局不能負責這次的調查，會轉交悅城市立警察局。」

李秩著急道：「什麼證據都沒有怎麼可以……」

「DNA，你忘了嗎？那是王俊麟的，他也沒有不在場證明，還有發傳單的事……」張藍安撫李秩，「我也很急，但我們必須遵守規定，我們要是隨便插手，只會讓原本可信的證據都變得不可信，增加王俊麟的嫌疑。」

「那我們就什麼都不做，只能等結果嗎？」李秩皺眉，就目前的形勢來說，對王俊麟十分不利。

「先去看看王俊麟的情況吧。」

張藍嘆了一口氣，王俊麟已經作為嫌疑人被拘留了。

到了悅城市立警察局，張藍和李秩交接了梁肖文遇襲致死的案件。最後，張藍還向市立警察局的隊長胡國峰要了一個人情：「老胡，我跟他幾句話，你監視器可以開著，再不放心你就跟我一起進去，我只要五分鐘。」

胡國鋒和張藍是同期的學生，而且都是李泓帶出來的，也算是師兄弟，但跟外向聒噪的張藍不同，他是個嚴肅謹慎的人，他把張藍勾在他肩上的手臂拉開：「案件交接給我們，就是要你避嫌，你卻反而做出惹人懷疑的舉動。」

「唉，說什麼呢，我只是進去跟他說說話，讓他積極配合你們，哪個人被抓的時候不會產生叛逆心理呢？」張藍不止抓著他不放，還湊到他的耳邊：「不看僧面看佛面，不然你讓李秩進去吧？」

「李秩？」胡國鋒抬起眼來打量了一下李秩，他跟來自警察世家的張藍和李秩不同，是完全依靠實力考上警察的，也沒有在警察大院住過，只知道李泓有一個關係不太好的兒子，卻一直沒見過，「你就是師父的兒子？」

聽到「師父的兒子」這個稱呼，李秩皺了皺眉，李泓退休前在市立警察局裡當大隊長，學生多是正常的，但他沒有那麼直白地被人當過官二代，「我是我，他是他，不用看在誰的面子上。胡隊長，我們只是想說幾句話，安撫王俊麟的情緒，也有利你們後續調查，不是嗎？」

「只能五分鐘，而且會開著監視器。」

胡國鋒到底還是妥協了，他把他們帶到偵訊室，讓他們和王俊麟單獨談話。

王俊麟一見到張藍就站了起來：「隊長！副隊長！我真的什麼都沒有做！」

「好了好了，就你這個樣子，能做出什麼事情？」張藍示意他坐下，「我們只有五分鐘，不要廢話，說點有用的資訊。」

「什麼有用的資訊啊？」王俊麟愁眉苦臉，「我把我昨晚的行蹤毫無保留地跟他們說了，但是副隊長把我送回家後我就睡著了，直到今天早上七點半才起來上班，正要開始工作就被帶走，我才知道梁肖文出事了。」

「你昨天不是看到一個黑衣人嗎？你仔細想想，能不能回想起他的一些特徵？」李秩問道，「比如身高、體型、髮型或者跑步的一些特徵，比如長短腳之類的？」

「那個地方很黑，我也看不清楚……」

「認真想，不然你就麻煩了。」張藍說道，「梁肖文在醫院死了，這起案件已經不是傷人而是殺人，拜託你動動你的大腦好不好？」

王俊麟瞪大眼睛：「他死了?!」

「嗯，頭部遭受重擊，傷重不治，我們剛剛才接到消息。現在我們不能參與調查，不知道詳細的屍檢報告，所以王哥，你真的要非常認真回想，不然我們也沒辦法幫你。」李秩替他引導回憶，「你當時喝了很多酒，想上廁所，你是上廁所之前還是之後遇到人的？」

「之後，我洗完手，正想回去找你們，就聽到東西倒地的聲音，回頭就看見一個黑影。」王俊麟深吸一口氣，閉上眼睛仔細回憶，「他很高，應該跟隊長差不多，他跑得很快，腿很長，穿著一身黑衣，還戴著帽子，完全看不出有什麼特徵……嗯，一身黑……一身黑？」王俊麟忽然睜開眼睛，「不是，不是全黑的，有閃光，在這個位置。」他比了一下腰際，「他逃跑的時候，這個地方一閃一閃的，像是什麼珠寶的反光，應該是他口袋裡藏了什麼，跑著跑著就露出來了。」

「一閃一閃的東西？」張藍也跟著比了一下那個位置，「褲子口袋這麼窄能藏什麼？」

「也許就是珠寶首飾，他剛剛偷了東西，逃跑時經過那裡，結果被發現了。」李秩想了想，「畢竟隔一條街就是容悅購物中心。」

「想法是對的，但時間跟梁肖文遇襲的時間對不上……」張藍聽到門外有人敲門，他朝監視器比了個ＯＫ的手勢，「你也跟老胡他們說一下，但凡能證明你人在家裡的證據你都要認真回憶，哪怕是在看Ａ片也要說，好好配合調查，老胡肯定不會冤枉你的。」

王俊麟看了看張藍，又看了看李秩，李秩朝他用力點了點頭，他才稍微服軟，嘆氣道：「知道了，我會好好配合調查的。」

張藍想拍拍他給他一點支持，但為了避嫌，他還是忍住了，他跟李秩出去之後，對胡國鋒說道：「老胡，你都聽到了，不用我重複一遍了吧？」

胡國鋒點頭：「我會調查附近有沒有失竊案，如果真的有黑衣人的話，我一定會找到他的。」

李秩咬了咬牙，張藍裝作沒看見，拉著李秩離開：「那就拜託你們啦，我回去補個覺。李秩，走吧。」

「隊長，我們是去調監視錄影還是先去找紅姐？」上車後，習慣當司機的李秩問道。

「什麼啊，我們不能參與調查，你別亂來。」張藍提醒道，「就算你找老紅，她是我們警局的人，也在避嫌名單上。」

「可是法醫配置少於三個人的科室不能進行獨立鑑定，市立警察局裡法醫科副主任正在休產假，只剩兩個人了，要徵調一個人過去才可以。放眼悅城，誰能比紅姐更厲害啊？而且她跟王俊麟的關係比較遠，我覺得肯定會調她過去幫忙的。」

張藍聽李秩頭頭是道地分析，簡直想鼓掌了：「消息挺靈通的嘛，可是你別忘了，老紅是我的親妹妹，我已經問過了，不是她。」

李秩有點失望：「這樣啊……」

「你也不要參與進來了，這次是市立警察局負責指揮，你還是應該遵照規定。還有，也別叫徐老師去打聽消息，雖然林森跟我們警局很多方面都有關係，但我們不能洩漏案情，懂嗎？」

「嗯？」李秩十分詫異，他哪有這種想法啊？再說他也不知道林森的事情。他看著張藍擠眉弄眼地朝他「提醒」，才終於反應過來：「好的，我知道了，我一定不會干擾胡隊長他們的搜查。」

也就是說，他只會去查胡隊長他們沒查到或沒想到的部分，張藍看意念傳達到了，便瞇了瞇眼睛：「李秩啊，你好像累積了很多特休，請假兩天休息吧。」

「好的，謝謝隊長。」

獲得兩天「假期」的李秩提交了假單就打電話給徐遙，徐遙也看到了電視新聞和網路輿論，事關重大，他讓李秩到他家再仔細說明。

李秩有點意外：「你願意幫忙？」

徐遙不明白他為什麼會意外：「什麼意思？」

「你不是不喜歡參與到案件中嗎？」李秩握著手機的掌心有點發燙，「我還以為你只會提醒我幾句。」

「你們肯定因為避嫌被禁止調查了，你來找我也是想從其他方面突破吧？」徐遙迅速想好一套說辭，「我也想試試如果不走正規的刑偵路線，有沒有別的方式可以靠近真相，就當是幫小說汲取一點靈感。」

「好，那我先過來。」

李秩也不知道自己鬆了一口氣是因為什麼，可能是徐遙的話打破了他自作多情的幻想，也可能是徐遙的話減輕了他的負罪感——他和他，不過是各取所需。

「所以現在除了找到真凶，沒有別的方法證明王俊麟的清白。」徐遙看過李秩整理的線索，也聽了他的初步分析，沉吟了起來，「其實也沒有證據證明王俊麟是真凶，凶器不是還沒找到嗎？」

「理論上是這樣，但就算無罪推定，以後王俊麟也不適合留在警局，可能會被勸退或調到其他行政部門，這對他來說不公平。」李秩說道，「況且，關於黑衣人這個疑點，就算他真的是凶手，也不需要捏造無法證明自己清白的人物，我相信黑衣人應該是真實存在的。」

「嗯……你知道梁尚文住在哪裡嗎？」徐遙忽然問道。

「知道。」上次梁尚文因非法集會被拘留時，曾經留下個人資訊，「可是胡隊長他們應該已經把他家翻遍了，我們也沒什麼好找的吧？」

「他們找的是物證，我要找的是心證。」徐遙一邊說一邊起身穿上外套，「梁尚文牽扯到信仰衝突的可能性比他牽扯到利益衝突要大上許多，那個佐福社你們查到了嗎？」

「查過了，只是一個福利機構之類的組織，也沒有什麼邪教活動的可疑之處。」李秩等徐遙穿好衣服，自動自發把門打開，「我們要去問問他們嗎？」

「不，市立警察局的人肯定也去問過了，你再去，他們就知道你違反規定了。」徐遙走出去，回頭看著李秩，「你不怕就算查到什麼線索，也會因為非法調查而變成非法證據嗎？」

「我不會直接去搜證的。」李秩笑了笑，「我只是去督促掌握證據的民眾積極向警方提供線索而已。」

徐遙一時語塞，他第一次發現，李秩原來不像他表現出來那樣傻氣天真。

梁肖文和梁肖武兩兄弟兩年前來到悅城打工，幾個月後，梁肖文就因為外表出眾被模特兒公司相中。今年年初，一檔偶像養成節目讓他一夕爆紅，梁肖武也因此擺脫了打工族的身分，但他們教育程度都不高，梁肖文的官方學歷是大專，但大概是經紀公司買來的，而梁肖武只是能看懂字的程度，所以只能勉強當個助理。可是從一些小道消息來看，梁肖武對他弟弟不但毫不感激，還頤指氣使，處處管著他。於是兄弟倆並沒有住在一起，梁肖武在市中心租了一間高級公寓，梁肖文卻選擇在寸金尺土的學區裡買了一間小套房，還因此謠傳過他有私生子傳聞。

此時，那間小套房所在的社區到處都是記者，還有不少來哀悼的粉絲，她們哭得呼天搶地，社區管理人員也不好意思對女孩子動手，人數太多也無法驅離，只能任由她們繼續活動。還好李秩的警員證還是有用的，他直接開進地下車庫，躲開了上面的人，用社區管理員提供的門卡，從車庫搭電梯上樓。

梁肖文的公寓門上還貼著封條，李秩小心翼翼地把它撕開，才讓徐遙進來。

這只是一間普通的單身公寓，十八坪左右的開放式一居室，除了裝修稍顯精美，完全看不出明星該有的豪華奢侈。整個房間占比最大的不是客廳或臥室，而是一個閱讀區，好幾排書櫃間隔出一個相對獨立的空間，看來梁肖文十分重視。

「梁肖文應該是因為家裡貧窮而讀不起書的年輕人吧？」徐遙一眼看去，其中一排全是高中國文課的指定課外讀物。

「嗯，他是來城市打工的，父母都是普通的鄉下村民。」這些都是被經紀公司嚴密掩蓋的身分背景，要不是上次拘留他的時候核對過身分資訊，李秩也不會知道這些，他遞給徐遙一雙塑膠手套，「他是想彌補未完成的學業嗎？」

「不是，他只是想感受一下被文化包圍的感覺。」徐遙指了指另一層書架，那是一些商業雜誌，「如果他想完成學業，他應該買課本而不是課外讀物，應該買題庫而不是雜誌，應該請家庭教師而不是在學區買房。他羨慕高學歷，也想感受一下，但不想付出相應的努力。」

「所以他向宗教組織尋求心理安慰，也就說得通了。」李秩連連點頭，他也跟徐遙一樣，任目光在書本間逡巡。忽然，他發現一本格格不入的書，「這本也是課外讀物？」

李秩指著一本《希臘神話選》，徐遙想也沒想就點頭：「對，我高中還考過……嗯？」

「你是在美國讀高中，但我們的學測不考這個。」李秩戴上手套，抽出那本書，快速翻動，裡面夾著一張星座符號的書簽，而那一頁的內容是醫療之神成為蛇夫座的故事。

「這是什麼星座啊……」李秩對星座的瞭解還停留在小學同學間流傳的星座測試遊戲。

「蛇夫座，就是這個神話的星座。」徐遙湊過來看，他稍稍低著頭，毛茸茸的腦袋翹著幾根因靜電而挺立的栗色髮絲，癢癢地搔過李秩的下巴。李秩渾身震了一下，他挺直脖子，讓那不自覺的撩人觸碰離開自己的下巴。

「這個書簽有點奇怪……」徐遙拿起那枚書簽，書簽是四葉草的模樣，他翻到背面，看見了活動紀念品的印刷字樣，「第一屆百花園小學互助圖書館活動紀念？」

「百花園小學怎麼了嗎？」李秩話剛出口就愣住了，「許慕心工作的地方？」

那個被惡魔盯上的善良小學老師許慕心，難道會跟一個當紅偶像有關係嗎？

「不，兩年前許慕心應該已經在馬天行的掌控之中了，她不可能和另一個年輕男人交往。」徐遙放下書簽，在書櫃的側面發現了第二屆圖書館活動的海報。海報上的梁肖文是如此地青春活力，誰也沒想到在活動後不到三個月，他就再也無法繼續他年輕的生命。

李秩也看到了那張海報，他嘆口氣，轉向梁肖文的書桌。筆記型電腦等用品都被拿走了，空蕩蕩的桌面上，只有一顆水晶球孤零零地瑟縮在桌角。他拿起來搖了搖，裡面的星空圖案因搖晃而閃爍起來。

「主辦單位，悅城大學中文學院……」

徐遙沉沉地念出海報最底部的一行小字，李秩猛地回過頭——怎麼又是悅大？

徐遙知道李秩跟他想的是一樣的，也沒有多做解釋，說了一聲「走吧」就往門外走去。李秩放下水晶球，跟上徐遙。

李秩打電話給孫皓，但孫皓卻約他們在宿舍見面，而不是學院的辦公大樓。

李秩愣了一下，徐遙隨即解釋：「你覺得悅大裡有多少梁肖文的粉絲？你別忘了，你也是把他帶走的警察之一，你現在到悅大就是虎入羊口。羊很溫順，但只要有一隻領頭羊鬧事，其他羊就會跟著鬧。人多力量大，孫老師的顧慮是正確的。」

「有時候我覺得你們這些學心理學的人真可怕。」李秩嘆口氣，「我抓犯人，是因為我知道他們就是壞人，但你們卻能從普通人的心中看見那麼多我們看不見的罪惡……」

「你知不知道美國有一個叫詹姆斯·法隆的老頭，他一直在研究生理結構對犯罪傾向的影響。他從五十多張美國連環殺手的腦部掃描圖片裡發現，他們都有特定的腦部損傷或腦部發育不良。」徐遙點了點額角，「沒有什麼普通人，只有腦部病變是否嚴重到表現出來的人。我們心理學就跟醫學一樣，你覺得自己只是感冒，但醫生卻覺得你可能是肺炎，都只是對病症更加敏感而已。」

「那你覺得梁肖文是感冒還是肺炎？」李秩道，「雖然我不是專業的，但我也覺得他好像有點不對勁。」

「那要看他到底在那些活動裡遇到什麼了。」

徐遙搖搖頭，暫時也說不出所以然，他讓李秩開車，自己則是搜索蛇夫座的相關資料。

「李警官，徐老師，你們總算來了。」

孫皓早就在宿舍樓下等著，見到李秩他們，語氣焦急得像熱鍋上的螞蟻：「我聽說肖文的事之後就一直在等你們來找我，但都沒有人來，我都快急死了！」

「為什麼這麼說？你有什麼重要的線索嗎？」李秩眼睛一亮，「你可以主動提供線索的！」

「我也不知道是不是線索，但我覺得應該讓你們知道。你們先跟我來吧。」

孫皓帶著他們快步穿過教職員工宿舍，來到了悅大的舊校區。隨著擴大招生，悅大大部分教學行政大樓都搬到了新校區，舊校區只保留著幾棟教職員工活動中心和後勤大樓。他帶著他們來到一幢兩層樓高的紅磚房子前，只見房子前掛著「**悅讀讀書會活動中心**」的牌子，看起來是正式註冊的協會。

「肖文在出道前就已經是讀書會的成員了，他是一個和善的孩子，就算出道也沒有任何架子，只要有時間，都會參加讀書會的活動，請他做公益也是一口答應，一分錢都不收，還捐了好幾座小學的圖書館。」

孫皓拿出鑰匙開門，裡面窗明几淨，軟柔的日光透過米黃色窗簾灑落進來，原木色傢俱讓人自然放鬆，屋裡的書都是按照分類放置的，還有幾臺公用電腦，像是一個小型閱覽室。

「孫老師，你又當學院助教，又兼任心理諮詢室的指導老師，現在還有一個讀書會，你忙得過來嗎？」徐遙換上拖鞋，戴上塑膠手套，一邊環顧四周一邊問道。

「其實心理諮詢和讀書會是相通的，很多時候，來找我諮詢的學生都會在閱讀中得到平靜。」孫皓忽然笑道，「現代年輕人很多問題都是源於書讀得太少，卻想得太多。」

「楊絳老師說得對，但看得太多、想得太少也會出現問題。」徐遙來到一座分類為「神話」的書架前，「這些主題是怎麼選的？」

「這是讀書會的定期活動，每三個月就由會員們討論決定一個主題，然後大家自己去看相關的書籍，最後一起做一個展示報告，還會選出做得最好的會員，贈送一點小禮物。這期『神話』主題的得獎者就是肖文。」孫皓嘆氣，他真的為梁肖文的離去感到傷心和惋惜，「他真的是個好孩子……可是後來他加入了一個叫佐福社的組織，就逐漸不來了。我偶爾傳簡訊給他請他參加活動，他也諸多推辭。他在學校門口發佐福社的傳單時，我就勸過讓他離開，但他不聽，我只能叫學校保全處理，沒想到反而麻煩了李警官。」

「不麻煩，這是我們應該做的事。」李秩指了指那些電腦，「這些電腦的檢索紀錄還可以查到嗎？」

孫皓搖頭：「這是網咖那種沙盒系統，關機就自動恢復初始設置。再說，肖文差不多半年沒來，紀錄應該都過期了。」

「我能看一下每一期他做的讀書報告嗎？」徐遙問。

「可以，都有存檔的。」孫皓從檔案櫃裡翻出一個箱子，裡面的讀書報告都裝訂得十分精緻漂亮，儼然像是畢業論文，他翻出幾本藍色封面的書冊，「都在這裡了，他參加過四期。」

「《中西方神話形象對比》、《尼羅河神話與愛琴海神話》、《星座神話與占星文化》、《神話原型探究》……他對神話故事很著迷啊？」徐遙快速翻閱一下目錄，儘管報告標題宏大，但裡面介紹的書籍都是高中生自然圖書的等級，相當符合梁肖文想要靠近文化人但缺乏真正的能力和毅力的側寫。

「對，他是出身貧困的孩子，見過很多社會的黑暗面，也許是因為這樣，他更喜歡神話故事裡的悲劇英雄。」孫皓又嘆了一口氣，「但他太單純，又進了娛樂圈，我擔心他是不是被那個佐福社利用了。上次只是發發傳單，但這次是做了什麼非法的事情，才會替自己惹上殺身之禍？」

李秩搖頭：「暫時沒有證據證明他的死和佐福社有關，但是孫老師，我想問問，許慕心也是你們讀書會的人嗎？」

「許老師？」孫皓想了一下，他搖搖頭，「在讀書會剛剛設立的時候她有來幫忙，一開始的幹部名單裡有她的名字，但後面她逐漸淡出，我參加讀書會的時候她已經完全退出了，我還是在百花園小學活動的時候才真正見過她。」

「這樣啊……」

如此看來，這個交集只是巧合。李秩問不出什麼，卻見徐遙從一本讀書報告裡拿出一頁信紙：「孫老師，這是什麼？」

「咦？」孫皓看了一眼那張信紙，只見淡藍色草葉紋理的信紙上手寫著一行行英文，但他卻一個單字都看不懂，「這是什麼語言？」

「這是梁肖文寫的嗎？」徐遙把信仔細鋪平，研究上面的字跡，「**optushish phiouss tophhues ushasotp moeusspsahge ophufrsom smpheuo tophous tophiuss cophrudse woporusldh...** 不行，我也不知道。但是，你能確定這是梁肖文寫的嗎？雖然落款是中文，但整篇都是字母，落款是中文反而有點奇怪，再說這字跡看起來不是很久，像最近剛寫的。」

孫皓也困惑了：「我也不是很確定這是不是他的字跡，畢竟現在手寫的東西很少了，我也沒見過幾次他寫的字。」

李秩說道：「或者你這裡有什麼他寫的東西能給我們比對嗎？」

「我想一想……好像有一次小學活動的時候，他跟孩子們一起寫過作業……」孫皓又翻出一個箱子，翻了好久，才翻出一張泛黃的考卷，學生那欄還寫著梁肖文的名字。看到這張考卷，孫皓的眼睛泛起了淚光，「他不應該就這樣死了……李警官，你們一定要找到凶手。」

「我們一定竭盡所能。」李秩拍了拍孫皓的肩膀，安慰道，「節哀順變。」

孫皓頓時紅了眼睛，他轉過身去，不讓別人看見他落淚的模樣。

在這個城市裡，除了敲骨吸髓的哥哥，也許就只有孫皓才真正認識過梁肖文這個青年，而不是一個叫「梁肖文」的偶像。他是為一個朋友，也是為一個學生而落淚。

徐遙一言不發，默默拍下了那頁信紙和考卷。

離開讀書會活動中心，李秩和徐遙回到車裡，信紙和考卷他們都沒有帶走，他們讓孫老師以打掃活動中心時發現梁肖文留下的信為藉口，主動向市立警察局提供線索。他們看著手機拍下的照片，完全想不通那頁看不懂的字母到底是什麼。

「如果我們也能找技術科的同事鑑定就好了。」李秩嘆口氣，「他們一定很快就能鑑定出這是不是梁肖文的筆跡。」

「就算這不是梁肖文寫的，寫這封信的人把它放在梁肖文的作品裡也是有目的的。」徐遙回頭看著那間靜謐的紅磚房，一陣說不清的壓抑讓他很不舒服，「那些舊報告只有孫皓還收藏著，最有可能看到的也是他，無論寫信的人是誰，他都想向孫皓傳達一些資訊……可惜我們看不懂。」

「徐遙，我想回警局看看有沒有什麼新的進展。」李秩看著他，「這次我們沒有調查權限，算是我的私人委託……」

「你是怕我亂說什麼嗎？」徐遙想對他翻個白眼，但西斜的日光從擋風玻璃的邊緣漏了進來，有些刺眼，他眯著眼睛把遮陽板放下，「我又沒有接到案件的顧問委託，幹嘛要跟你回警局？」

李秩連忙解釋：「不是，我不是告誡你的意思……」

「我晚上有約，真的不能跟你回局裡。」徐遙不知道怎地補了一句，「跟林森談一些事情。」

「林教授？」李秩想起那位清秀儒雅的教授，「那我先送你過去吧？」

「不用，你送我回家吧。」徐遙隨口揶揄，「忙了一天，去見長輩總要先洗個澡吧。」

「你又不髒，還很香……」李秩差點咬到舌尖，他猛地轉過頭，看見徐遙皺著眉頭一副看外星人的表情看著他，「不是……那個、那個路貝兒說過你用的香水都很高級，所以我只是開個玩笑，我、我沒有不尊重你的意思……」

「那不叫香水，是古龍水。」也許是陽光刺眼，徐遙摘下眼鏡揉了揉眼睛，卻不急著戴上，就那麼半瞇著眼看著李秩，「嗯，我的近視好像更深了，摘下眼鏡這麼近的距離都看不清楚你的臉。」

李秩暗地裡鬆了一口氣。還好還好，那他應該看不到自己臉紅了：「要是眼睛不舒服，車上有眼藥水，你要不要滴一下？」

「不用了，你開車吧，我瞇一下就好。」徐遙拉了拉安全帶，往車門邊靠了靠，閉上眼睛小憩休息。

「嗯，好，到了我再叫你。」

李秩專心一意地當著司機，徐遙從瞇著的眼睛縫隙間瞥了他一眼，暮光落在他的臉上，驅散了前一刻的壓抑，取而代之的是一種莫名的舒心，彷彿疲倦一般，讓他沉沉地睡了過去。

送徐遙回家後，李秩回到警局，他偷偷調出那天梁肖文簽名的筆錄，想要對比一下簽名是否一致。

「副隊長，你不是放假嗎？怎麼又回來了？」

忽然在背後出現的魏曉萌嚇了李秩一跳，他趕緊把她拉到座位上，比了個

「噓」的手勢：「曉萌，妳喜不喜歡玩解謎遊戲？」

「喜歡啊，考試的時候密碼題我全部滿分！」魏曉萌一開始還很認真，結果看到李秩的手機，卻噗哧一下笑了出來，「副隊長你怎麼回事，居然還玩國中女生的遊戲？」

「什麼女生的遊戲？這是一道密碼，我是說真的，妳看得懂這封信？」

李秩聽得一頭霧水，魏曉萌讓他把圖片傳過來，列印出來，她拿起一支筆，在白紙上寫了一個「police」的英文單字：「這是國中女生最喜歡密碼遊戲，就是選一個單字，然後把它夾在英文情書裡，送給喜歡的男生，誰能解出來，就和誰當一天情侶。」

李秩忍不住笑道：「這麼無聊？」

「嘖，副隊長你真是一點都不浪漫！」魏曉萌哼了一下，繼續解釋道：「我那時候最喜歡『star』這個單字，不是有一個英語片語『written in the stars』代表命中註定嗎？你看，這樣我就可以把『police』變成很多種不同的組合。」魏曉萌說著，寫了三個不同的組合「psltiacre」「spaolticer」「tposliarce」，「如果不知道我選的單字，單獨看其中一個組合，幾乎不可能猜到原來的單字是什麼。」

「但只要有兩個以上的組合，就能透過剔除相同字母的方式找出原本的單字！」李秩茅塞頓開。

「還有更快的方法，像這麼長的信，只要有一個字母，比如『t』這個字母，它不是所有單字組合都有，證明它不是被加進去的字母，以此類推，我們按照二十六個字母的順序一一對照，很快就能找出被插入的單字是什麼。」

魏曉萌拿起筆，迅速把 abc 都剔除了，李秩也來幫忙，沒過多久，就確定了被插入的詞語是「ophus」。儘管他們不知道這是什麼單字，但剩下的工作就很簡單了，刪除相關的字母，很快就將這封信的內容還原出來。

「This is my last message to this crude world.... 這是我給這個殘酷世界的最後一封訊息……天啊這該不會是遺書吧？」魏曉萌大驚，才注意到落款凌亂的字跡有點眼熟，「這、這是梁肖文……」

「噓。」李秩又噓了一聲，「現在妳也涉嫌私自調查，揭發我對妳也沒有好處。」

「副隊長你怎麼這樣啊？」魏曉萌誤上賊船，但意外過後也沒有生氣，她拿著那封還原出來的「信」問道：「可是副隊長，這封信你是怎麼拿到的？能提交作為證物嗎？」

「這封信已經送到市立警察局了。」李秩倒不擔心，「但是他們得把它解開才行……」

魏曉萌笑道：「這個你可以放心，我的好朋友就在市立警察局技術科，她肯定一眼就能看出來！欸，那王哥就可以出來了吧？這封信那麼明顯了，趕快把梁尚武抓起來訊問啊！」

「如果這說的是真的，王哥當然就沒事了，但如果梁尚武矢口否認，我們不知道具體的公司，就算讓調查科一起協助，也只能把所有跟梁尚文接觸過的人的經濟關係全部調查一遍，動靜這麼大，只怕查到一點蛛絲馬跡，其他人早就斷尾逃跑了。」李秩嘆口氣，他坐下來發簡訊告知徐遙，又陷入了更深的思考，「哪裡能拿到一份合作名單之類的檔案呢……」

魏曉萌也無法回答，她能想到的，市立警察局的人不可能沒想到，那還有什麼異常的地方呢？

她盯著那張寫滿了紅黑筆跡的信件，目光落在那個單字「ophus」上，她自言自語道：「我怎麼覺得這詞那麼眼熟呢？俄、非、可、斯？沒有這種讀音的英文單字啊……」

「妳再說一次？」李秩一愣，這個發音他今天聽過！

「俄非可斯……我也不認識這個單字，隨便念念的……」魏曉萌一下子就心虛了，「可能這個詞不是英文……」

「是希臘文！Ophiuchus！」李秩今天不斷看到星座和蛇夫座的資訊，曾經聽到徐遙和孫皓談話間說起這個星座的學名，他拿出手機搜尋梁肖文的一些粉絲拍的照片，果然，他的手機吊飾是一個鑲嵌著水鑽字母的鑰匙圈，那些字母就是「OPHUS」！

「這個單字太難讀了，梁肖文的教育程度不高，所以把它簡化成這樣！」

「哦，我記起來了，那天他發的宣傳品裡也有這種鑰匙圈，不對，那不是鑰匙圈，是隨身碟。」魏曉萌從抽屜裡拿出一個鑰匙圈，那個H字母從背後看其實是個隨身碟，「你看。」

「曉萌，妳想辦法跟妳朋友透露一下，就假裝是她發現的，讓市立警察局的人去找梁肖文的隨身碟。」

李秩對魏曉萌做了個「拜託」的手勢，起身就往外跑。

他怎麼就沒想到呢。

那個黑衣人就是梁尚文，王俊麟看見的閃亮亮的東西，就是他的手機吊飾，那很有可能就是保存著重要犯罪證據的隨身碟！

徐遙回家換了衣服，拿了東西，準時來到林森的家。

「徐遙來啦，你先坐，我再炒個青菜就好了。」

從廚房小跑出來的林森還繫著圍裙拿著鍋鏟，他匆忙開了門又跑回廚房，徐遙放下東西，走到廚房門口張望。

「我說出去吃就好了，幹嘛這麼麻煩？」徐遙看見一地的廚餘，忍不住取笑林森，「森哥，我是自由戀愛主義，但我覺得你真的應該找個嫂子了。」

「找過啊，離了。」

林森說得無比平靜，徐遙一愣：「什麼時候？」

「四、五年了吧，那時候你剛到國外，我們也還沒穩定下來，就沒跟你說。」

林森指了指一盤蒜苗炒四季豆，「把菜端出去吧，還有湯呢。」

「好。」

徐遙趕緊幫忙端菜，沒過多久，飯菜都上桌了，兩人便坐下吃飯。徐遙從小認識林森，並不陌生，而且說實話，自從母親車禍身亡，他就沒吃過一頓正經的家常菜。林森大概也猜到了，才堅持要在他家吃飯，這一頓晚餐讓徐遙久違地體會到「回家吃飯」的幸福感。

「你最近好像常常跑到警察局啊？」快吃完飯的時候，林森漫不經心地問道，「有好幾件案子的犯人都不是正常人的思維邏輯。」

「嗯，以前負責我們社區的員警兩年前晉升到警察局了。我之前給他找了不少麻煩，就幫忙提供一些意見。」徐遙斟酌言詞地模糊重點，小心謹慎得彷彿被抓到偷溜出去玩的小孩，硬是說成自己是去當義工一樣。

「哦？你交了一個警察的朋友？」林森有點意外，「我還以為你對他們有不好的印象。」

「本來是的，但我出國那麼久，其實相比起來，我那時候的遭遇也不算很過分。」徐遙放下筷子，拿起放在一邊的湯碗喝湯——這種中斷正在進行的行為，強行開始另一個行為，是說話的人想要岔開話題的表現，林森跟徐遙一樣清楚。

「我看到你的新連載了。」林森也不再談論那位警察朋友，「你這次寫的是警察吧，要不要我提供一些意見？我們的警察制度和美國完全不同……」

「沒關係，我寫的是偵探小說，又不是紀實文學，沒有出現嚴重的謬誤就好了。」徐遙忽然笑了，「你知道嗎？我以前寫過一篇短篇，當時我還在美國，美國的爆炸案一般是交給ＦＢＩ負責處理的，我自然而然就讓那篇文裡的警察獨自負責調查。結果有一個讀者跑來私訊我，戰戰兢兢、小心翼翼地跟我說爆炸案件在國內的話，至少會讓局長級別的人來擔任指揮，不可能只讓警察小組負責，要應對媒體，向社會大眾交代，可能還會說有很多不方便說的細節。他還一直強調他不是故意找碴，只是不希望這一點小錯誤讓小說有瑕疵，那是我收到的第一個如此專業的讀者評論。」

「這位讀者不會湊巧就是你的警察朋友吧？」林森提高尾音「嗯」了一下，徐遙點點頭，林森驚訝道：「真的這麼巧？」

「嗯，真的這麼巧。我覺得他是一個值得交往的朋友，但是，我現在還不能和他成為朋友。」徐遙終於提到了自己來訪的原因，「森哥，你能不能幫我看一下掃描照片……」

「徐遙，無論你再找多少專家、多少次被告知，是的，你的腦部掃描照片證實你和那些變態殺人犯一樣有腦部功能缺陷，但那又怎麼樣？」林森轉過身，正對著徐遙，伸出兩手搭住他的肩膀，用力握緊，彷彿在強迫他面對事實，「你不是一個心理變態，過去不是，現在不是，或許將來你可能會犯罪，但也絕對不是因為你的杏仁核或額眶皮質發育不良那麼簡單的原因。人的行為如果完全依從大腦，人就不再是人，而是動物了。徐遙，你有聽懂我的意思嗎？」

徐遙蹙著眉頭聽林森數落著他，滿眼疑惑：「森哥，我只是想告訴你，我的腦部掃描完全正常，沒有那些心理變態的腦部病變而已。」

「嗯？」林森一愣，「那法隆教授發表的論文……」

徐遙這才突然明白過來，法隆教授在論文中提及一些自願提供腦部掃描的正常人，但是他們之中也有人符合心理變態者的描述，林森誤會他是其中之一，以為他因此背負著沉重的心理負擔，才不敢和警察打交道：「森哥，我的確曾經跟法隆教授交流過這個課題，但我沒有參加他的實驗，他在論文中說的人不是我。」

「唉，那你幹嘛說那麼多前提，嚇死我了！」林森誇張地撫著心口，「沒事別拿著腦部掃描照片到處跑啊，年輕人！」

「對不起，我沒想到你會誤會。」徐遙也笑了，裝模作樣地拍著林森的背，卻被林森推開了，「森哥，你是不是正在跟上面爭取什麼？」

上次張藍忽然提到林森，徐遙一直記在心裡。

「嗯，我想實現你爸爸的遺志，成立一個專門的行為科學分析小組。」

「像美國的BAU一樣？」徐遙一愣，雖然他不清楚這裡警察體系的構成，但一個可以向所有地區的刑事案件提供幫助，也代表著有權力插手任何地區刑事案件的組織，聽起來不是很符合實際，「這是不是……」

「任何事情在成功前都是異想天開。徐遙，你當年還很小，不能理解你父親的偉大。」林森並不在乎徐遙的意見，「如果你願意幫我，我非常樂意，但如果你不想，我也不會怪你的。」

「森哥，你是想調查清楚當年父親的死因，對嗎？」徐遙的眼睫搧了搧。

林森反問：「難道你不想？」

「我當然想，但是已經過了二十年，而且……」徐遙的話隱沒在喉嚨之中，他該說什麼呢？他是唯一的嫌疑人，他害怕查到最後，真的是自己因為什麼意外或刺激而殺死了自己的親生父親，然後大腦把那段記憶封鎖了起來。

「我不害怕真相。」林森握住徐遙的手，「徐遙，你也不應該害怕它，無論真相是什麼，只有找到它、接受它，我們才能從過往的束縛中解放。」

徐遙有點恍惚，林森說的話明明是對的，但他總覺得有點不自然，這點微弱的違和感讓他猶豫了，也讓他無法說出哪怕一個簡單的「嗯」字。而在他還沒有搞清楚這突然的迷惑時，手機響了，打斷了這彷彿凝滯的空氣。

「我接一下電話。」徐遙起身走到樓梯間，來電顯示著「李秩」，「怎麼了，有什麼新線索嗎？」

「那封像英文的信解開了！」從李秩那邊傳來的聲音聽來，他應該正在開車，「解密方法和文字我讓曉萌傳給你了，簡單來說，那是梁肖文寫的遺書。」

「遺書？」徐遙驚訝道，「寫了什麼？」

「他說那個佐福社其實是商業間諜組織，他被迷惑加入後，利用明星的身分進行了很多商業間諜的活動。但他最近突然醒悟，覺得手上握著這些證據，自己應該活不久了，所以想要自殺，留下這封遺書讓孫老師原諒他的懦弱。」

李秩快速地說道，「可是梁肖文沒有死於自殺，一定是那些公司想要滅口。你還記得我說的那個黑衣人嗎？我覺得那個人其實是梁肖文，那天他在躲避殺手，跑到了容海新天地，恰好被王俊麟看見，他不知道對方是不是真的警察，所以躲了起來，結果我們巡邏離開，他就被真正的凶手殺死了。他當時一定帶著那個鑰匙圈隨身碟，裡面一定有相關證據！」

「可是他被發現的時候沒有穿著黑色衣服……」

「因為他脫掉了。」李秩解釋道，「如果是殺手，他拿走隨身碟就可以了，不需要整件外套都脫掉，那樣不止更麻煩，還可能留下證據。所以只可能是在逃跑的過程中，梁肖文自己把外套脫掉了。一來，是為了改變外貌方便逃跑；二來，那個隨身碟很顯眼，用黑色衣服包住再丟棄，在黑暗中殺手也比較難找到。」

「只要找到那個隨身碟，就能證明是商業犯罪引發的殺人滅口，跟王俊麟沒關係。」徐遙看了看時間，剛好過晚上八點，「你在去容海天地的路上了吧，我馬上過來。」

「好，那你路上小心。」李秩忍住了問他為什麼願意過來幫的衝動——現在不是談論這個話題的好時機。

「嗯。」徐遙沒有覺得有什麼不對，他掛了電話便回到屋裡跟林森告辭，

「森哥，我有急事要處理，要先走了，下次再請你吃飯。」

「請什麼請，趕緊去吧。」林森把徐遙拿過來的腦掃描照片收了起來，「你也不能帶著這個去處理事情吧，我先幫你收著，你有空再來拿。」

「謝謝你，森哥。那我先走了。」

徐遙快步下樓，攔了一輛計程車趕往容海天地。車上，他點開魏曉萌傳來的圖片，閱讀著那封梁尚文的「遺書」。大致內容和李秩說的一樣，他被佐福社的人利用，盜竊了商業機密，此後便一直被威脅，幫助他們進行商業間諜活動，而且還涉及情色交易。他不能接受這樣的生活，但他所涉及的商業祕密危及很多有權有勢的人，他自覺無法承擔後果，想要「to end the things」，完結這一切。

「佐福社……」

徐遙回憶那天在電視上看見的畫面，他為佐福社進行宣傳時，神情不僅不像被脅迫，甚至還帶著一絲驕傲——那些自認殉道者的人臉上常常會出現這種心滿意足的自豪。他甚至在接受李秩的問訊時，還不忘推銷，要把鑰匙圈送給他。這些難道也是受到威脅而做的事情嗎？還是說他當時其實是在向李秩發出求救的訊號，那個鑰匙圈裡藏著什麼訊息？

徐遙搖搖頭：不，如果梁肖文早有求救的打算，就不會讓律師陪同他進入偵訊室，畢竟那是一個很好的求助機會，還是相信他的演技沒有爐火純青到能表現出這種自然的驕傲比較好。

「客人，前面塞車，不然你走過去吧，大概過一條馬路就到了。」

「好，我在這裡下。」徐遙抬頭看了看前方，一邊是施工中的容海天地，一邊是繁華的高級購物中心，路況擁堵可想而知。他付錢下車，循著李秩傳來的定位小跑過去。

「徐遙！」李秩站在路邊朝他揮手，「我就猜到你會在這邊下車。」

徐遙沒空稱讚他的小推理，他指了指前方漆黑的施工區域：「帶路。」

「哦，這邊，手電筒給你。」李秩遞給他一支小手電筒，自己也拿著一支，把他帶到案發現場，「梁肖文是在這裡被發現的，斜對面那些鋼管掉落的地方，就是王俊麟摔倒的地方。」

徐遙走到兩處之間，前後張望：「你們是在哪裡吃消夜？」

「美食街那邊，因為之前的火災，重新整修了一遍，客流量少了很多，那天只有我們幾個人。」李秩指了指美食街，又指向那條通往大馬路的小巷，「王俊麟說他追著黑衣人往巷子裡跑，隊長為了保險起見，又讓我們分別把這附近都巡了一次，當時沒有發現可疑人物，更別說受傷的梁肖文了。」

「嗯，如果那個黑衣人真的是梁肖文，那他應該是在被追的時候躲了起來，或逃到附近的區域，等你們走了，他才出來，結果就遇到凶手，他為了躲避凶手跟保護證據，把外套跟隨身碟一起藏在某個地方……」徐遙想了想，「垃圾桶之類的地方，警方肯定已經搜過了……」

「對，我今天早上已經確認過了，這周圍所有的角落都被搜查過，但沒有發現黑色衣服和隨身碟。」李秩隨著徐遙的目光看向四周，「徐遙，你覺得衣服還在這裡的可能性有多大？」

「今天幾點鐘接到報案？」徐遙卻問。

李秩回憶著的報案紀錄：「五點接到報案，警方兩分鐘內就趕到了，救護車稍微晚一分鐘左右。」

「這麼早，應該沒有別人來干擾過現場……你熟悉這一帶區域嗎？」徐遙忽然看著李秩問道，「你認識這裡的拾荒者嗎？」

「拾荒者？你是說流浪漢？」這文謅謅的形容讓李秩皺了皺眉。

「不只是流浪漢，還有打掃的清潔工人或撿回收的老人，總之就是會翻垃圾堆的人。」徐遙解釋道，「只有這些人會天剛亮就出門，他們要趕在垃圾車來之前把垃圾堆裡有用的東西翻出來，如果是一件完好的衣服，他們一定會拿走的。」

李秩想了想：「我知道在哪裡找到他們。」

說罷，他就快步往對面的容海購物中心走去，徐遙跟上，不解道：「那邊安全管理肯定比較嚴格，就算他們想去那邊也會被趕走的。」

「不是去購物中心，是它後面的捷運站。」李秩道，「晚上氣溫很低，一般拾荒者都會在捷運站的角落避風休息。」

徐遙想，李秩果然是做過基層員警的，比他這種紙上談兵的學者更明白實際情況。他一邊跟著走，看見李秩還順便買了幾個便當：「這又是幹嘛？給他們一點好處讓他們更配合？」

「啊？沒有啊，就是給他們的晚餐。」李秩忽然笑道，「你以為誰都跟你一樣嗎？」

徐遙沒想到自己幫自己挖了一個坑，只能乾咳兩聲，跟著李秩一起向那些流浪的拾荒者打聽消息。平時很少跟人交流的流浪漢們，一開始連李秩在說什麼都沒理解，還好那些便當釋放的善意讓他們沒有轉頭就跑，他們捧著熱騰騰的便當，隨著李秩一遍一遍慢慢地重複，眼神從麻木渾濁變得生動，紛紛用各種含混不清的說詞回覆，李秩也不覺得煩躁，一遍遍地聽著、確認著，直到得到了確切的答案才離開。

在李秩問話的時候，徐遙就捧著便當站在他身後，雖然他能夠根據行為為別人做出側寫，但是真實與人接觸卻又是另外一回事，他就不去參與他不熟悉的領域了。

不過，李秩這個人，越接觸就越覺得他十分不穩定。

徐遙形容的「不穩定」並不是說他情緒起伏很大，而是他的性格彷彿沒有一個固定的形象。他一開始以為李秩是一個慘兮兮的勤懇小警察，後來以為他是謙虛學習的小粉絲；但魏曉萌卻說他是高冷的面癱，以前都不敢跟他多說幾句話；隨後旁觀他訊問犯人，又發現他自己有一套正義的道德標準，雖然那套標準好像還挺固執彆扭的。在不同場合用不同的禮儀說不同的話做不同的事，這是現代人的自我修養，但是這些「不同」不至於會有這麼大的偏差，像李秩這樣，明顯就有問題了。

只是不知道這個「問題」到底是什麼，以及是怎麼形成的。

「徐遙？」

李秩送出最後一個便當，回頭看見徐遙抱著雙臂，皺著眉頭盯著他，他不由得擦了擦臉和手：「我沾到髒東西了嗎？」

「沒有，在整理案情而已。」徐遙眨眨眼，把思緒拉了回來，「這附近的拾荒者都問過了，我們再到垃圾場附近問問清潔工人吧。」

「好。」

李秩沒有看出徐遙在分析他，答應了一聲便開始另一輪走訪調查。容海區整個東北角都被他們走了一遍，卻還是沒有人見過那件神祕的黑色外套。

難道他們的推論錯了？那個黑衣人並不是梁肖文，而是凶手，襲擊了梁肖文搶走他的隨身碟就跑了，順便把證據也消滅了？

徐遙抬頭看了看墨染般的天空，在深沉的夜色中，連路燈的亮光都顯得那麼微不足道，僅僅能夠籠罩住他們兩隻無頭蒼蠅。

「我們回去容海天地吧。」徐遙指了指事發現場的方向，「從頭開始。」

李秩皺眉：「從頭開始？」

「一旦出現無法繼續前進的情況，不妨從頭開始，也許有什麼關鍵線索被我們遺落在半路上了呢？」徐遙看著李秩，露出一個挑釁般的惡作劇笑容，「你願意從頭開始嗎？」

橘黃色的路燈在徐遙身上灑下一層柔光，他站在光線中，碩大的金色圓框眼鏡下，眼睛裡跳動著盈盈的光亮。李秩本來還在懷疑，但看著徐遙的那微微彎起的嘴角時，徒勞的懊惱就瞬間消散，他用力地點了點頭，說道：「我願意。」

凌晨三點多，連消夜攤販都幾乎沒了聲響，李秩跟徐遙返回最開始的地方，重新觀察起來。

「李秩，現在你拿著一個裝著犯罪證據的隨身碟，又是一個不方便露面的明星。」徐遙站在美食街、案發地點和小巷三個地方的交界處，看向洗手間，「有一個人從洗手間向你跑了過來，你會從哪個方向逃跑？」

「當然是往通往大馬路的小巷。」李秩道，「如果我的車子停在外面，我躲進去就可以了，就算不是，那裡能逃跑的地方也比較多。」

「但你現在不是一個體能優秀的警察，你是依靠外表的明星……王俊麟跑得快還是你跑得更快？」

「我跑得更快，但王哥也不慢，就算喝了酒，也絕對跑得贏七成的普通成年男子。」李秩估計了一下，「從洗手間到他摔倒的地方，最多十秒的時間吧。」

「梁肖文發現對方跑得那麼快，還會往巷子裡面跑嗎？」徐遙皺眉，那巷子雖然不太幽深，但兩三百公尺是肯定有的，「他難道不怕在巷子裡被追上，反而無路可逃？」

「也許他慌不擇路？」李秩也覺得巷子有點長，「但如果不是從巷子逃走的話，他怎麼會不見了？王哥被那些銅管砸到，也只是拖延了幾秒鐘，無論從哪個方向走都不可能消失無蹤的。」

徐遙抱著手臂沉思，一陣冷風颳來，讓他忍不住抖了一下。他循著風向看去，卻看見一個黑漆漆的洞口，「這是通往哪裡的？」

「這是臨時的員工專用通道，前方百貨公司的商場還是有營業的，這裡可以通往前面的店家。」李秩補充道，「我們當晚就注意到了，我們也進去過，但裡面沒有看到人。」

「在光線不足的情況下，如果有人在開放式櫥窗裡假裝塑膠模特兒，你覺得你能看出來嗎？」

「啊？」李秩下意識反駁，「肯定看得出……不對，那是平常人……」梁肖文是藝人，身材應該跟那些模特兒差不多，何況那個時候他們喝了酒，多少會有一點影響，「你這樣問我又不敢肯定了……」

「要藏起一片葉子，最好的方法是把它藏在樹林裡。」徐遙說著，撥開一些攔在路上的建築材料，鑽進那個臨時通道。

「可是，如果多了一件衣服，員工應該會發現吧？」李秩跟著他鑽了進去，徐遙舉起手電筒照著那些店鋪的招牌，「今天胡隊長已經問過有沒有店鋪失竊或有什麼異常，如果多了一件衣服，員工應該會跟他們說吧？」

「如果他的衣服和店裡的衣服一模一樣呢？」

徐遙在一家店鋪面前停下，李秩看著那個牌子，不太明白：「你是說他從店裡拿了一件衣服，然後又放了回去？」

「那樣太麻煩了，他直接掛上去就可以了。」

「哈啊？那怎麼可能……」

「因為他的衣服都這個牌子。」徐遙把手機遞給李秩，的確，在很多場合梁肖文穿的都是某個品牌的衣服，「他是這個品牌的代言人。」

「我們看看那一排外套。」李秩覺得後背汗毛直豎，把這麼重要的罪證堂而皇之地掛在正常營業的店鋪裡，到底該說梁肖文膽大心細還是鋌而走險呢？

徐遙點頭，跟李秩把店裡的深色衣服一件件仔細檢查，終於在一件掛在靠牆展示架上的男款外套裡，找到了一個閃亮的物體。

這個閃閃發亮的隨身碟裡，存放著把一個前途無量的偶像逼入絕境的罪惡。

李秩看著掌心中的亮光，深深地嘆了口氣。

「沒辦法繼續瞞下去了，坦白交代然後把證物交上去吧。」徐遙拍拍李秩的肩膀，「我能當你的證人，相信我。」

「真的很謝謝你。」

李秩說的「謝謝」，不止感謝他說他能夠作證，還感謝他的理解。徐遙沒有說任何有關行政處罰的事，因為他知道李秩不在乎，他知道他只在乎證據是否合法，是否能幫助查明真相。他一直以來從他的小說裡感受到的共鳴，真的不只是他的一廂情願。

徐遙對此沒有作出回應，他轉過身，又循著通道走出去了。

他應該感謝此時的黑暗，給了他最好的偽裝。

李秩先打電話向張藍報告，張藍再向市立警察局通報，本來已經做好了要挨罵的準備，沒想到向千山只說了句「太亂來了」，不止批准提交證物，還讓他們參加調查會議。李秩對過程這麼順利感到十分訝異，直到他來到市立警察局，才發現原來胡隊長他們也做了不少工作。佐福社的相關人員都被抓回來了，經過一番訊問，發現佐福社的幕後老闆居然是梁肖文的律師劉開忠，當初就是他向梁肖文介紹這個組織的，沒想到梁肖文那麼相信他，一切活動都諮詢他的意見，反而給了他可趁之機，把梁肖文捲入了商業間諜的案件裡。

徐遙坐在走廊的椅子上，李秩進去開會了，但他在市立警察局沒有什麼顧問的身分，只能老老實實待在外面。他接過值班警衛好心遞來的熱茶，看著褐色的茶水出神。

已經接近五點了，徐遙一坐下來就感到昏昏欲睡，平常他熬夜寫小說，這個時間正好是他開始打瞌睡的時候。他喝了一口濃茶提振精神，熱氣蒸騰而起，模糊了他的鏡片。

徐遙把眼鏡摘下來，一整天的奔波忙碌讓他的眼睛不太舒服，他閉著眼睛捏著眉心，奇異的光影明暗在眼球內跳動，突然，忽明忽暗的光點竟扭曲成了梁尚文那封自白遺書。

要責怪梁尚文太容易了，「愛慕虛榮」「好吃懶做」「自作自受」，徐遙想任何一個訓導主任能想出的形容詞都比他多得多，但他卻一點也不想評判他的做法。「從頭再來」這這幾個字不輪到自己的時候總是輕飄飄的，但換成自己被陷害，又有幾個人可以在一發現端倪時便能毫不畏懼地自首，放棄苦盡甘來的名利？

這個世界充滿了誘惑，但為什麼沒有人質疑蛋糕裡藏著刀片？為什麼沒有人去關閉生產刀片蛋糕的工廠，卻去責怪被甜美外表迷惑，結果有口難言，只能吞下血肉的受害者？

梁尚文遺書的結尾一直在他眼前晃動，每個單字、每個片語都讓徐遙感受到他的絕望。

I can't tolerate it any more. I will give it a closure today...

嗯？

徐遙眉頭忽然一皺，收到照片時的違和感終於清晰地浮現出原因——

乍一看，這個結尾的確很像一封遺書，是抱著同歸於盡的打算和對方一起毀滅的、決絕的遺書。它彷彿是一個青年最後的吶喊，感人肺腑，讓徐遙也忍不住為之慨嘆。

但以梁肖文的教育程度，他能寫出這種信嗎？

梁肖文的學歷不高，就算因為娛樂圈工作需要而惡補過英文，也多半集中在口語應用上。這封英文信的語法顯然太過通暢了，其中還有一些口語甚少用到的表達，比如「我不能再忍受」口語中常說「I can't stand it any more」，但信中卻是使用了「I can't tolerate it any more」，這明顯不符合他的知識儲備；再者，已經到了再無顧忌的時候，已經到了交代苦衷的時候，還會有人選擇非母語來書寫自白信嗎？

徐遙猛地睜開眼睛，他將鏡片擦拭乾淨，戴上眼鏡，點開另一張手機圖片。

會議室裡，李秩略微有些緊張地把隨身碟交給技術組的同事，經檢查確定，裡面確實記錄著梁肖文每次盜取的商業檔案備份以及作案日期、地點等資料，他才徹底鬆了一口氣。

要是他們忙了一整天，結果找到的隨身碟裡什麼都沒有，那玩笑可就開大了。

「我們來梳理一下案情。」胡國峰沒說什麼，直接開始案情講解，李秩連忙找個地方坐下，認真記錄。

「根據屍檢報告，梁肖文死於顱內出血，凶器是厚重的硬物，面積較大，不是錘子或榔頭，結合現場狀況，猜測是磚頭那一類的物品。梁肖文受到了兩次重擊，第一次是從後方擊打在後腦勺，第二次是從左側面擊打在太陽穴附近。現場還原應該是凶手趁梁肖文轉身，從後方襲擊，梁肖文倒地，但沒有完全暈厥，剛想起身又被凶手補了一下，徹底昏死。

「我們調查了梁肖文的經濟情況和相關人員，但因其職業特殊，帳目複雜，暫時沒有頭緒。但梁肖文的一位朋友提供了一條線索，就是他的遺書。經過筆跡鑑定，是本人所寫，由此我們發現了一個叫『佐福社』的商業犯罪組織。經過訊問，其幕後主腦是劉開忠，同時也是梁尚文的律師，我們有充分理由懷疑他利用職能之便威逼利誘梁尚文加入，從而引發此次案件。但劉開忠一直不承認，我們之前與經濟科合作，進度緩慢，現在有新線索出現，我們已經可以鎖定劉開忠，只是暫時不清楚他是自己動手，還是買凶殺人。

「如果是買凶殺人，梁尚文不會背對那個人，所以一定是他信任的劉開忠，他才會這樣做。」胡國峰總結道，「他應該不知道劉開忠是真正的主腦，因此得到證據後，向身為律師的他請求幫助，劉開忠藉機殺人滅口。但我們找到的都是間接證據，可以對劉開忠提起商業犯罪的控告，但殺人這方面，仍沒有直接證據。稍後我們要更加慎重訊問劉開忠，他是律師，非常清楚法律的漏洞。李副隊長……」

「是。」李秩忽然聽到自己被點名，連忙回答。

「待會請你來主持訊問。」胡國峰道，「你跟他們有過交集，並且掌握了比較多的情報，我希望你能從側面攻破他的防禦，不要讓他把你帶進文字陷阱。」

李秩快速整理了一下思路：「好的，謝謝胡隊長。但還有一些問題……」

「這是所有人的筆錄，你先看一下，準備好了再去。經濟科的同事正在追查他的資金來源，我想很快就會有結果。」胡國峰走到他身邊搭著他的肩膀，「我不是要把責任丟給你，只是覺得你來處理可能比較有效率而已。」

「我不是這個意思……」李秩連忙搖頭，「我先看一下筆錄，給我二十分鐘。」

「不急，光是隨身碟裡的東西，他就要解釋好幾天了。」

胡國峰讓經濟科的同事先去訊問劉開忠，教唆他人進行商業間諜活動這條罪名他是躲不掉了，只看能不能找到關鍵證據，順便把梁肖文的命案也一起偵破。

會議結束，李秩想起徐遙還在外面，想叫他先回去，但他來到走廊，卻沒看見人影。值班的警衛說他在十分鐘前打電話給永安區的警察局，然後就離開了。

徐遙為什麼要打電話到他們局裡？

李秩皺眉，但員警已經把筆錄整理好給他，他也只能先回去辦案了。

梁肖文死去後的第一個日出，跟往常沒什麼區別，媒體頭條中各式各樣的勁爆字眼，好像就是這座城市對他最後的紀念。

孫皓早早來到了讀書會的活動中心，他像往常一樣打掃環境，整理書刊，為下午舉辦的悼念梁肖文的書友會做準備。

他把梁肖文看過的書和做過的讀書報告翻了出來。和其他人普通的影印紙不同，他的讀書報告就像精裝書籍。他沒有上過大學，沒有其他書友被大學論文折磨得死去活來的經驗，對他來說，讀書會的讀書報告就是他的論文，他為之付出的除了研究的熱情，還有對大學生活的憧憬。

「你對梁肖文真的很好，孫老師。」

門外忽然傳來一個熟悉冷淡的聲音，孫皓轉過頭去，頗為意外：「徐老師？你怎麼過來了？李警官呢？」

「他在市立警察局處理案情，感謝你的線索，原來佐福社是商業間諜組織，梁肖文是因為要出賣他們而被謀殺的。」徐遙走了進來，拉了一把椅子坐下，「我有點累，讓我坐一會。」

「你們熬夜通宵了吧？真是辛苦了。」孫皓連忙端來茶水，「樓上有一個值班室，你可以在沙發上躺著休息，尚文的追悼會在下午，如果你能在他的書友面前說出真相的話，我想這是對他最好的悼念了。」

「真相？什麼真相？」徐遙接過杯子，但沒喝。

「你說尚文是因為佐福社而死的，這不是真相嗎？」孫皓微微皺眉，「哦，因為案情還沒有公開，所以不能說是嗎？」

「梁尚文是因為想背叛佐福社而死的沒錯，但這還不算是完整的真相。」徐遙搖搖頭，他站起來，拿起桌上一疊像傳單一樣的紙張，上面印著一首詩歌。

「什麼樹根在抓緊，什麼樹根在從這堆亂石塊裡長出？人子啊，你說不出，也猜不到，因為你只知道一堆破爛的偶像，承受著太陽的鞭打……我要指點你一件事，它既不像你早起的影子，在你後面邁步；也不像傍晚的，站起身來迎著你；我要給你看恐懼掩埋在一把塵土裡……」

徐遙讀了一小段才認出是英國詩人T．S．艾略特的《荒原》。

「這首輓歌是很適合悼念會，但不覺得有點深奧了嗎？是哪位書友提議的？」

「是我自己選的，尚文曾經聽我讀過，儘管他也搖頭說聽不懂，但是他說聽了會有種平靜的哀傷，還說將來自己葬禮上就讓我朗讀這首詩……」孫皓苦澀地笑了笑，「沒想到真的會有這麼一天……」

「你和他的關係，不止是良師益友吧？」徐遙拿起一本梁肖文的讀書報告，藍色的封面上有暗色花紋，昨天沒有特別留意，今天在陽光的照射下，發現上面閃爍著一個星座的圖案，那是唯一橫跨天球赤道、銀道和黃道的星座——蛇夫座。「他的水晶球是你送的吧？上次因為關子卓的案件到你宿舍的時候，我發現你有一個一模一樣的水晶球。」

孫皓沉默了，他撫著那閃閃發亮的封面，緊咬牙關，太陽穴上的青筋都突顯出來：「我不想讓他再承受更多流言蜚語。」

「是他不想承受，還是你不想承受？」徐遙「啪」地扔下那本裝幀精美的讀書報告，「我一直不明白，先不說梁肖文有沒有能力寫出這樣流暢動人的句子，為什麼他會選擇用英文來寫自己的遺書呢？在急於表達的時候，沒有人會選擇母語以外的語言。直到我發現，梁肖文寫的不是英文。」

「你在說什麼？什麼遺書？」孫皓皺眉，「你說那個看不懂的英文字母的信是他的遺書？他寫什麼了？」

「唉，這都騙不到你……對，我沒說過那封信破譯了，如果你剛剛接話說不定就露餡了。沒事，你不接也一樣，我就多說兩句吧。」徐遙靠在桌邊坐著，鏡片下的眼睛半瞇，牢牢地盯著他，就像在觀察一個實驗對象，「我想了很久，在什麼情況下非要用英文不可，後來我明白了，因為英文最方便，只要我有那個人手寫的二十六個字母，我就能複製拼寫出所有的英文單字，不像中文那樣難以複製筆跡。那封信根本不是梁尚文寫的，那樣的用詞遣句，只能是熟讀英文詩歌的你的手筆。這也解釋了為什麼那封信會出現在這裡而沒有人發現，因為是你放進去的，你想要警察找到你，就是希望他們能找到這封信。」

孫皓不認同地皺著眉頭：「徐老師，你的推測很有道理，但你有什麼證據……」

「證據也是你提供的，謝謝了。」徐遙指了指那些放在角落的舊箱子，「你給了我們一張梁尚文寫的中文作業來確認筆跡，這招很高明，既可以確認字跡相同，又不會把我們往英文的方向引導。你是透過讓他寫羅馬拼音來得到他寫的字母，但真正複製的時候，你發現了一個很嚴重的問題，中文羅馬拼音的結構裡沒有V的字母，你又不能自己隨便寫一個，萬一我們在別的地方找到他寫的英文，發現V字不同就完蛋了，於是你決定用W的一半代替。我讓警察局的技術組幫忙鑑定過了，所有的V字都能跟W的一半重合，足以證明這是偽造的信件，梁肖文根本沒有寫過這樣一封遺書。」

孫皓安靜地聽著，臉上沒有被逼入死角的慌亂，他皺眉的表情帶著哀傷和不忿，彷彿也為此憤怒：「徐老師，本來我不知道為什麼有人會偽造肖文的遺書，現在我懂了，那個人是想把偽造的罪名嫁禍給我，就像嫁禍肖文說他是商業間諜一樣。」

「不，被嫁禍是商業間諜的不是梁肖文，是佐福社。」徐遙說著，把一份列印資料丟到桌上，那上面是十一月的商業交易紀錄，「自從金匯廣場發生高空擲物及爆炸未遂案件後，股價大跌，民眾紛紛拋售手中的股票，卻有幾家公司在買進。這幾家公司都屬於高品集團，雖然之後案件被偵破，但高品已經成為了金匯的第二大股東，金匯集團緊急注資三億增持一百萬股，才把高品的股份稀釋。但高品正在和金匯競爭的容海新天地，也就是這次的案發地點，受隔壁美食街爆炸的影響，招標價格也下降了接近三成，儘管如此，金匯的資金仍然周轉不過來，還是輸給了高品。而那幾個為高品收購股份的公司裡，美舒電子最大，羅小芳是會計部的主管，手裡握有這份無法公開的帳目，她想借此跳槽高品總公司，她以為已經談好條件，只差考取高級會計師執照，卻遭逢橫禍被關子卓殺害。我以為關子卓拿走羅小芳的手機是因為留有通話紀錄，但現在才發現，關子卓是為了黑進她的雲端，銷毀帳目。這一個月裡，許慕心、田赫、羅小芳、關子卓，四起命案，兩起爆炸案，看似毫無關聯，卻讓高品集團賺了將近十億。」

孫皓一臉驚訝：「天啊，好可怕的巧合！」

「巧合？」

「如果不是巧合的話，警方早就找到證據逮捕高品集團的人了吧？」孫皓嘆口氣，「唉，不過那些財力雄厚的資本家，說不定用了什麼方法掩蓋……」

「許慕心跟何銀川兩個女人怎麼會使用炸藥？炸藥從哪裡來？關子卓為什麼選擇短劍這麼容易被識別的凶器？短劍又是從哪裡來的？其實李警官他們沒有放棄追查，只是一直找不到結果，直到我發現他們都是你的書友、朋友、病人，甚至是信徒，隨便吧，反正他們都聽你的。」徐遙敲了敲牆壁上的海報，「你借著學院的名義開設心理諮詢室，從學生中得到各種資訊，研究街坊鄰居的關係，又面向社會舉辦讀書會，甚至對還只是臨時工的梁肖文，還有好幾次學測失利的關子卓關心有加，你一層層地獲得這些人的社會關係，抓住他們內心的需求，讓他們把你當作傾訴對象，循序漸進地滲入他們的心房，將他們洗腦成對你言聽計從、把你當作知心好友的傀儡。」

「等等，徐老師，你也太看得起我了。」孫皓「哈」了一下，「你說的洗腦理論上可行，但你也是學心理學的，應該知道這樣的洗腦需要高強度的精神控制，集中囚禁什麼的，我只是聽他們傾訴煩惱，我沒有把他們關起來啊。」

「如果有藥物的話，情況就不同了。」徐遙敲了敲剛剛孫皓倒給他的茶，「洋金花和天仙子都是東莨菪鹼的提煉來源，對神經節有阻滯作用，過量服用會引起意識障礙，出現幻覺，但對中樞神經影響較少。如果我要催眠一個人，肯定會先讓他喝一杯天仙子定驚茶，讓他感覺平靜安心，然後再點洋金花精油，讓他產生幻覺，在潛意識裡把我說的話當作自己的想法，日積月累，根深蒂固，像電影《全面啟動》那樣，把『殺人』的想法種在他的心裡，還能讓他以為這是自己的想法。孫老師，你的網購紀錄裡，洋金花和乾燥天仙子的數量可不少啊，人文學院需要那麼多花、泡這麼多定驚茶嗎？」

孫皓臉上和善溫文的神情逐漸冷卻：「徐老師對藥物學也有很深的瞭解啊。」

「畢竟我是寫小說的嘛。」徐遙聳聳肩，「哦，在你的網購紀錄裡，還發現了你曾經以學院送禮的名義訂購了五把禮劍。我找林森老師確認過了，加上他只有四位教授收到禮劍，剩下的那一把，你一定是送給了關子卓，同時也把那個殺戮人格送進他的腦中。」

「原來我這麼厲害啊，隨便說說話就能控制這麼大的局面，幫別人送上十億的生意。啊，你說我這麼厲害，應該收高品集團多少錢才好呢？」孫皓笑了，但不再是平易近人的助教老師的笑，而是棋到終局一子定輸贏時勝券在握的贏家的笑容，「而且你說了那麼多，還是和肖文的事情一點關係也沒有，看來我還附送高品一條人命呢，我肯定要收很多錢了。」

「錢的事我不清楚，但我想警方很快就能弄清楚了。他們之前只是被誤導去查劉開忠和佐福社，沒有去查梁肖武罷了。」徐遙說出梁肖武的名字時，孫皓的神情才終於難看了一點，徐遙搖搖頭，「其實你也一樣很困惑吧，為什麼梁肖文會忽然跟你說他掌握了高品集團的犯罪證據，要去告發他們呢？你馬上去問梁尚武，才發現原來為了得到視界影業的青睞，梁尚文去了應酬的飯局，卻不想其中一個投資方是高品集團的高層管理，在交際應酬中，梁尚文發現了高品的商業陰謀，讓他怒不可遏，一定要告發他們。梁尚文找你商量，卻沒想到你才是他們的軍師，於是你趁他不備，把他殺死了。」

「尚文一點都不懂什麼商業利益，他為什麼一定要揭發什麼商業陰謀，這跟他有什麼關係……」

「跟他沒有關係，但跟你有關係啊，孫老師……不對，其實你是想成為孫醫師的。」徐遙用力敲了敲梁尚文的讀書報告封面，「其實你的第一志願是成為精神科醫生，但你考不上，才會在林森教授的推薦下進了悅大當助教，而梁尚文的父母死於醫療事故，難道不是因為你們兩個都對醫生這個行業有所執念，才會選擇蛇夫座，這個紀念希臘神話中醫療之神的星座，來作為佐福社的名字和符號的嗎？」

徐遙說話一直都是冷冷淡淡的，但這句質問卻是帶上了怒火，孫皓對徐遙這彷彿失態的質問回以一個不屑的笑：「哈，連佐福社都是我的了，徐老師，你們寫小說的人，想像力真是太豐富了……」

「你可以繼續否認，反正這些細枝末節李秩很快會查出來，畢竟佐福社的人都在市立警察局裡呢。別太小看警察，只要方向對了，不用二十四小時，什麼狠角色都會招供的。」徐遙的怒氣在一瞬間爆發後又迅速消失，轉而以一種更加冰冷的態度看著孫皓，「還是說一點你不知道的吧，為什麼梁肖文一定要舉報高品呢？因為高品下一個目標是收購悅城製藥集團。」

「什麼？」孫皓一驚，製藥不是能隨便碰的，必須有完善的科學研究開發團隊支撐，而悅城目前並沒有什麼知名的科學研究機構。

「因為高品集團要涉足梁肖文認為不可玷汙的神聖行業，也就是你所憧憬的行業，所以才會冒著這麼大的風險去揭發他們，他不是為了他自己，而是為了你，為了你們共同的『OPHUS』。」徐遙把梁肖文送給李秩那個刻著「OPHUS」的鑰匙圈丟到孫皓面前，「接下來我說的話全部都是推測，沒有任何證據，你可以選擇否認或者無視。」

孫皓看著落在腳邊的鑰匙圈，咬緊牙關不說話。

「梁肖文剛剛來到悅城，出於對知識的嚮往而參加了悅大的讀書會，你馬上就發現了這個英俊可愛又單純懦弱的男孩，你覺得他會成為一個很好利用的棋子，所以你關心他、照顧他，得到了他的信任甚至傾慕。他加入娛樂圈的事情無論是不是你促成的，反正他能接觸那些高級階層對你來說都是有利的。但是，梁肖武很快就開始壓榨他的弟弟，逼迫他進行不正當交易，梁肖文一定是抗拒的，他一定會向你求助，而你就利用這個機會對他進行催眠洗腦，讓他相信自己參加那些交易都是為了向『OPHUS』獻祭，是教徒式的犧牲，所以他一次次容忍下去，而梁肖武則會告訴你高層交易的資訊，以此作為控制梁肖文的報酬。佐福社只是一個幌子，用來漂白由此而來的不法收入，萬一有人發現梁肖文行為怪異，也只會認為是他信了什麼邪教，而不會想到你，一個堂堂正正的大學助教。」徐遙鼓了兩下掌，「其實你真的計算得很周到，如果不是那麼著急著把一切證據都攤在我們面前，我也不會產生違和感，進而對你起疑。」

「哦？我著急了？」孫皓已經不在乎徐遙的冷嘲熱諷，他彎腰撿起那個鑰匙圈，把它放進口袋，「我心愛的人死了，我著急一下都不行嗎？」

「其實你完全可以按兵不動，服飾店最多一個月就會清點庫存，發現多了一件衣服並不需要很久，自然也會發現那個隨身碟；可是你卻急於讓我們找到它，於是這個毫無頭緒的案件，從接觸你開始就一路直達中心，遺書、隨身碟、佐福社、劉開忠，一切都是那麼順理成章。於是我反向思考了一下，如果這件案子沒有查到佐福社，那麼最有可能會查到誰的頭上呢？梁尚武這個直系親屬肯定首當其衝，查到他，離你也就不遠了。」徐遙從鼻子發出一聲嗤笑，「還是說，高品集團發現了梁尚文的小動作，逼迫你盡快擺平這件事，所以你就放棄了佐福社，斷尾逃生？」

「尚文沒有做什麼不正當的交易，他只是幫我在那些商人的手機裡偷裝竊聽器或病毒而已。」孫皓伸了個懶腰，在這一刻，他已經完全放棄偽裝和辯解，不知道是徐遙逼得他把所有底牌都用完了，還是他已經厭倦了這場牌局。他走到窗臺，把窗臺上的乾燥花擺正，一片碎葉掉到了他的手掌上，他收緊手心，捏出喀嚓喀嚓的碎裂聲，「我以為他只是做了這些事情而已。」

「你是真的不知道梁尚武逼迫他用身體進行交易嗎？還是你不想知道而已？」徐遙忽然渾身乏力，他撐著桌子，兩腿卻還是沉重地往下墜。

怎麼回事？他沒有喝茶啊？

「你想幹什麼？殺了我也沒用，所有證據我都向警方求證過，過不了多久，他們就會找到確鑿的證據來抓你了……」

「哦，言下之意，是你剛剛那些話全都是在欺騙我囉？」孫皓走過來，拉開徐遙的護著口袋的手，搶走他的手機關機，「那就讓他們調查吧，反正不會耽誤肖文的追悼會就行了。」

「什……麼……」徐遙站不住了，他跪在地上，猛然發現屋子角落裡點著一瓶薰香——那杯茶不是要迷暈他，相反，是一杯解毒的茶。「你的目標……還有誰……」

「謝謝你告訴我梁肖武的所作所為。」孫皓用手帕捂住徐遙的口鼻，徐遙掙扎了幾下就失去意識，「我總算找到一個可以悼念肖文的方法了。」

「李秩，你撐得住嗎？」

徐遙在永安區警察局裡向張藍申請查看之前那些案件的卷宗時，李秩也在市立警察局裡翻看佐福社眾人的筆錄以及他們的資金資料。胡國鋒看他兩眼都是血絲，遞了一罐冰咖啡給他。

李秩笑著搖搖頭：「謝謝胡隊長，但我不喝咖啡。我沒問題的，可以開始詢問了。」

「經偵組的同事會跟你一起。」胡國鋒說罷，就讓一個經濟偵查組的同事過來，是一位梳著馬尾的幹練女性，「美華是非常有經驗的前輩，她會負責黑幕交易的專業訊問，你在旁邊留意劉開忠的的反應，尋找突破口。」

「好的，我明白了。」李秩向趙美華說道：「師姐請多指教。」

「律師這種人通常都很會鑽漏洞，希望你能從別的方面激怒他，他越失控，越容易露出破綻。」趙美華點點頭，「走吧。」

李秩跟趙美華一起進入偵訊室，劉開忠眉頭緊皺，雙手環抱胸前，凝重的神情夾雜著幾分不耐煩：「趙警官，我已經把我知道的都交代了……李警官？」

「劉律師，沒想到這麼快又見面了。」李秩嘆口氣，「不對，你現在不是律師，你是犯罪嫌疑人了。」

「我跟肖文的死毫無關係，我只是看在他的面子上才答應當佐福社的法律顧問，不然這種小團體能給多少錢，我才不稀罕！」

「哦，這個小團體的資金確實不少。」趙美華插話進來，「我們已經調查清楚佐福社的帳戶，這個成立不到一年的社團接受的社會捐款不少，而它的組織號召能力也很強，舉辦了三次慈善募捐，每次善款都是用十萬計算的……」

「趙警官，妳想說佐福社替別人洗錢嗎？我雖然不是經濟方面的律師，但現在只要註冊國外的公司，錢從這裡到國外，再匯基金到智利境外公司，然後到巴拿馬會計審核，到美國投資上市，公司分紅給馬來西亞分部，再從馬來西亞回到這裡，繞了地球一圈，也不過是八分鐘的事情。」劉開忠冷笑道，「我這種外行人都知道，這種洗錢方式你們需要花將近半年的時間才能調查清楚，為什麼我不用這種簡單的方法還要搞八〇年代慈善洗錢那種危險的傳統模式？」

「你說的沒錯，跟梁尚文提供的證據非常吻合。」趙美華笑了，她把從隨身碟裡拿到的證據推到劉開忠面前，「你說的每一步驟，都跟梁尚文記錄的非常接近，而且作為一個宗教團體，它居然可以從國外貸款五百萬，明顯是利用了稅務的漏洞。而那家公司，根據梁尚文的紀錄，在全球有數百件投資專案，每個專案的轉銷、計提、攤銷、折現，都是沒有支付出去但已經洗白的錢。」

「我不明白妳說的話，梁尚文記錄的又怎麼樣？這又不代表這些錢在我的手上，妳應該去訊問會計啊！」劉開忠瞪大眼睛盯著那份紀錄，李秩蹙著眉尖觀察他的神情，覺得他的驚訝不像是裝出來的。

「會計我們也一樣會訊問，但梁尚文的紀錄裡，這些都你促成的，你要怎麼解釋？」

「我怎麼知道他為什麼要這樣寫？我是真的不知道這些事情！」

「師姐。」

李秩輕輕碰了碰趙美華的手肘，向她傳遞「借一步說話」的眼色，趙美華不甚理解，但也隨著他到了門外：「怎麼了？你發現了什麼？」

李秩如實回答：「我什麼都沒發現，我連你們在說什麼都沒聽懂。」

趙美華笑道：「那些都是會計的專業術語，你聽不懂也很正常……」

「我的意思是，我都聽不懂，梁肖文會懂嗎？」李秩拿過那份列印資料，「這是直接從會計軟體匯出的 excel 表格，不是合約，沒有文字註釋，只有數字跟專業術語，梁肖文看到這一份檔案，怎麼會知道這就是罪證？」

趙美華一愣：「也許……他只是把所有能複製的資料都複製下來？」

「如果是這樣的話，不應該只有一個表格，應該有更多才對，而且會有無用的資料……」李秩頓時明瞭，「這是假的。」

「不可能是假的，我們已經核對過了，這上面的交易都是實際存在，我們已經申請逮捕令，只是涉及範圍較大，需要比較久的時間。」

「我不是質疑這份資料的真實性，我是質疑它的來源。這絕對不是梁肖文拿到的資料。」李秩瞪大眼睛，「是其他人借著梁肖文的手把資料送到我們面前，想讓我們把佐福社連根拔起。」

「但提供線索的人是一個大學助教……」趙美華皺眉，「我們調查過了，他和這些機構沒有利益往來。」

「從頭開始。」

「啊？」

「當無法前進的時候，就從頭再來。」

李秩閉上眼睛，深吸一口氣，徐遙的聲音在他耳邊響起，引領著他梳理思緒。

這一切是從哪裡開始的呢？

是從梁肖文在悅城大學發傳單開始嗎？還是更早一點，他剛剛加入佐福社的時候？有沒有更早的可能？是他剛剛成為藝人，開始有機會接觸那些商業高層的時候？

那時候，他只是一個來城市打工的孩子，儘管憑藉外表過上了無數人夢寐以求的明星生活，但他的內心依舊是自卑的，所以他積極參加讀書會，組織圖書館活動，還製做讀書報告，來掩飾他對自己的不自信。

這是他性格的弱點，他做的事情，很多都是圍繞著這個弱點。他買學區的房子，他去悅大參加活動，他找孫皓當朋友……

孫皓？孫老師？

李秩猛地睜開眼睛。

孫皓。一切的開始，就是孫皓。

是孫皓帶他們去讀書會，是孫皓告訴他們梁岧文跟佐福社的關係，是孫皓引導他們找到那封遺書，而在這封遺書的推動下，他們才會確信梁岧文手上握著重要的證據。

為什麼？孫皓為什麼要偽造這封遺書？為什麼他希望佐福社被除掉？為什麼他要把無辜的劉開忠牽扯進來？

既然有替罪羔羊，就有罪人，誰是那個罪人？孫皓嗎？不對，趙美華說了他沒有利益關係。

那麼，他們只顧著調查劉開忠和佐福社的時候，有誰被忽略了？

「師姐，你們查梁尚武的帳目了嗎？」

「當然查了，但他跟梁尚文的關係不太好，經常把梁尚文的收入據為己有，而且收受很多廣告商給藝人的灰色利益，帳目很混亂……」

「或者，他就是故意弄亂的呢？」李秩問道，「他在當梁尚文的經紀人之前是做什麼的？」

「他當過一陣子會計……你懷疑他才是幕後主腦？」趙美華再次翻看了一遍那些帳目，「就算他想，但這些都是跨國公司，所用到的知識只有資深會計師才能操作……」

「但是他有人脈，能請人替他處理。」李秩心感不妙，假如孫皓真的是幫梁尚武轉移視線，萬一他發現警方開始懷疑梁尚武，那他下一個要除掉的目標一定是他。

「師姐，麻煩你們去調查梁尚武的財政狀況，我要去跟胡隊長報告一下，盡快找到梁尚武！」

「好！」

徐遙在一陣疼痛中醒來，突如其來的劇烈晃動讓他震了幾下，他本能地想伸手，卻發現自己的手腕腳踝都被塑膠束帶綁住，他想去拿身上的鑰匙，但口袋裡已經空空如也。

「孫皓——」徐遙猜測自己在後車廂裡，他用力一蹬，卻沒有把後車門踹開。

車廂又一陣晃動，徐遙憑著體感推測車速很快，應該上了高速公路。

天仙子的功效讓他仍然頭暈目眩，他用力捏了一下臉頰強迫自己清醒，他記得自己去找孫皓對峙，逼問出真相，但孫皓並不知道梁肖文被梁肖武脅迫進行桃色交易。他是梁肖文的愛人，不能接受這樣的事實，所以要去找梁肖武報仇，再者，他已經知道自己暴露了，那些曾經跟他有交易的公司集團不會放過他，他唯一的出路除了自行了斷就是和警方合作。

但孫皓明顯不是會選擇後者的人。

「可惡！」徐遙掙扎起來，但車廂黑暗狹窄，他用力踹著車門，腳下傳來玻璃碎裂的聲音——他踢碎了後車燈。

微不足道的光線照了進來，徐遙移動著四處摸索，還真的讓他摸到了什麼東西，他努力把那東西拿到手中，發現是一支智慧型手表。

徐遙趕緊把手表打開，謝天謝地，是有通話功能的，他馬上撥通李秩的電話。電話才剛接通，他就喊了起來：「孫皓才是真凶，我被綁架了！」

「徐遙?!」李秩猛地站了起來，「你在哪裡？」

「我不知道，我被關在後車廂。我不知道車牌號碼，也看不見外面。」徐遙感覺車子正在加速，「他應該上了高速公路，孫皓的下一個目標是梁肖武！」

「梁肖武的女朋友說他去參加弟弟的追悼會後就不見了。」李秩一邊說一邊跟胡國鋒報告，「胡隊長，請技術組的同事馬上追蹤這支電話的訊號！」

「馬上進行。」胡國鋒聽出事態緊急，立刻安排人手。

「他應該抓走了梁肖武，要他以死謝罪，作為他脅迫梁肖文的懲罰。」車子仍然在轉彎和加速行進中，徐遙被撞得滿身是傷，「孫皓才是一切的主謀。」

「我知道，我們查到他資金的來源了，是高品集團，對不對？」李秩心急如焚，「現在你保持通話，電量還剩多少？」

「還有一半，但這是智慧型手表。」

「智慧型手表都有GPS定位，你先掛電話，維持電量。只要不關機，我們都可以追蹤到訊號。」李秩說著，就轉過頭看著技術組的監控螢幕，「我看到了，你的訊號在環城高速公路上，我們馬上來救你！」

「環城高速公路？」徐遙用力揉了揉額頭，不對，孫皓一定會去一個具有紀念意義的地方殺死梁岗武，環城高速公路是離開悅城的，一旦設置路障他就跑不了了，他絕對不會走這條路，「不對……不應該在高速公路上……」

「你別擔心，我們馬上來救你！」

「不是……李秩？李秩！」徐遙正要喊住要掛斷電話的李秩，車子卻忽然上下劇烈晃動，徐遙整個人都撞到車蓋上，手表猛然落地，從被踢破的後車燈掉了出去。他大驚失色，想要伸手抓住，但手腳受縛，只能眼睜睜看著唯一的通訊設備驀然消失。

「可惡——」徐遙再也無法維持理智，暴躁地掙扎了起來。

「胡隊長，手表的位置定位在悅城南路往容城方向的高速公路上，距離悅城第三收費站約五百公尺的距離。」

「胡隊長，請您讓我參與營救。」李秩連忙開口，「是我讓徐遙幫忙的，如果他有什麼事……」

「快跟上，還說什麼廢話！」

胡國鋒沒理會他的理由，徑直把他推向門外，李秩趕緊跟上，搭上警車就往GPS指示的位置飛馳。但在那附近繞了幾圈，並沒有發現可疑車輛。

「胡隊長，你看。」

久尋不得，搜救隊都下車尋找線索，一名隊員把一支被輾壞的智慧型手表撿起來：「我想孫皓發現了徐遙在打電話求救，所以把手表丟棄了。」

「胡隊長。」負責通訊的隊員把警用對講機遞給胡國鋒，「是交通指揮部，他們說沒有找到梁肖武或孫皓名下登記牌照的車子。」

「讓他們找一下有沒有後車燈破了的車輛的紀錄。」李秩仔細看了看撿到智慧型手表的地方，那裡零散分布著一些碎玻璃，「徐遙一定不會輕易放棄的，如果他被關在後車廂，他一定會踢破後車燈，讓車子有明顯的特徵，讓我們找到他。」

「呼叫指揮部，我是市立警察局隊長胡國鋒，請留意所有後車燈破損的車輛……有警方出動的紀錄？」胡國鋒一揮手，李秩馬上拿紙筆記錄，「L453，黑色福斯，正在悅城東路往南區廢車場方向前進。好的，感謝你們配合。」

李秩把筆記交給胡國鋒，就跳上自己的車子飛快往目的地駛去。

這一路車流甚少，偶爾有幾輛貨車經過，路面坑坑窪窪，李秩想徐遙被鎖在後車廂，經過這段路時一定被顛簸得渾身都痛了。

「L453，黑色福斯，L453，黑色福斯……」李秩一邊開車一邊注意路面，正好一輛黑色車子迎面駛來，福斯VW的車標十分顯眼，車牌也正好是L453！

李秩立刻打開警笛，那輛黑色福斯卻完全不減速，唰地從李秩的車旁駛過。駕駛座的司機戴著鴨舌帽，一閃而過，李秩認不出他是不是孫皓，但他迅速調轉車頭時，發現那輛車有一邊後車燈是破的！

「警察！請立刻靠邊停車！重複！警察！請立刻靠邊停車！」李秩把警報重複幾遍，對方卻絲毫不配合，反而有加速之勢，李秩立刻踩油門追上，和它並駕齊驅，他搖下車窗，猛烈的山風夾雜著難聞的廢棄機油味颳過，李秩朝對方司機大喊，「孫皓！你逃不了了！自首吧！放了徐遙！」

孫皓微微轉頭，卻不是減速，他方向盤一打，把李秩的車撞開半個車身，加速前進。

「可惡！」

李秩連忙追上，通往廢車場的路彎彎繞繞，一邊是山壁，一邊是被廢水汙染的廢棄農田，孫皓的車子靠近山岩，他存心要把李秩撞進廢田中然後逃脫。李秩被他越撞越開，眼看真的要被撞出馬路，他心一橫，腳踩油門衝到前方，隨即踩下剎車，同時猛打方向盤，整輛車甩尾一百八十度，後座和孫皓的車子迎頭撞上！黑色福斯被撞開數十公尺，直到撞上岩壁，斜斜地滑了好一段距離才停了下來，車蓋裡冒出陣陣濃煙。

李秩也同樣被撞得眼冒金星，更要命的是安全氣囊沒有彈出來，他的腦袋撞在方向盤上，幾乎把他砸暈。他憑著本能解開安全帶，開門往那輛黑色福斯跑去，連腳步都是歪歪斜斜的。他看了一眼駕駛座上已經暈倒的孫皓，把他銬在車門上，便打開後車廂。

忽然湧入的光線刺得徐遙睜不開眼睛，他抬著手臂遮擋，下一秒就被人抱了出來，那人讓他靠在自己身上，還幫他扶正眼鏡：「李秩……」

「對不起，我來晚了……」李秩用力眨了眨眼睛，奇怪，他怎麼看不清楚東西了……「你有沒有受傷？」

「你流血了！」徐遙渾身疼痛，但他發現李秩額頭上流出鮮血，剛剛那劇烈的碰撞，肯定是車禍了，「你先坐下……李秩？李秩！」

一陣警笛聲由遠而近，是市立警察局的隊員趕來了。李秩一聽到警笛，一直繃著的那根線便斷了，他長長地舒了一口氣，任由天旋地轉的虛無把他吞沒。

「李秩！」胡國鋒一下車就趕了過來，他吩咐隊員叫救護車，又向徐遙追問，「發生了什麼事？」

「我被關在後車廂裡，我也不知道……」手腳上的塑膠束帶被員警割斷，徐遙終於重獲自由，他扶著李秩躺下，指向那輛黑色福斯，「孫皓在那裡！」

眾人馬上圍住那輛車，胡國鋒上前查看孫皓的傷勢，但當他摘下孫皓的帽子——

「咦？」

「怎麼了？」徐遙詫異問道。

「這不是孫皓！」胡國鋒轉過那人的臉，卻是一張徐遙根本沒見過的臉。

「糟了！調虎離山！」

徐遙一拐一拐地走過去——他的腳踝在踢破後車燈時被割傷了——他看著胡國鋒從那人身上找到的手機和身分證，心中頓時明瞭，「孫皓讓其他人載著我亂跑，又故意留下一支智慧型手表，就要引你們過來找我，他才能避人耳目把梁肖武帶走。」

「梁肖武已經不見三個多小時了。」胡國鋒皺眉道，「他恐怕已經……」

「不，還有時間。」徐遙迅速在腦海中回憶一切關於星座的資料，「現在是冬天，入夜是六點左右，而蛇夫座的主星 Ras 升起大概是七點半到八點。孫皓要為梁肖文報仇，一定會選星星升起的時分動手，這樣才能祭奠梁肖文最看重的信仰——『OPHUS』。」

梁肖武感覺自己睡了很久，他睜開眼的時候，天已經黑了。他想揉揉痠脹的脖子，卻發現自己動彈不得，手腳都被鐵鍊栓在椅子上。他驚慌地掙扎幾下，但椅子是焊鑄在地板上的，紋絲不動。

「別白費力氣了。」

一道門打開，逆光走進來的人看不清面貌，但梁肖武瞬間就認出了他的聲音：「孫皓？你發什麼神經！快放開我！」

「不要著急，你不是來參加肖文的追悼會嗎？現在還沒結束呢。」孫皓走到梁肖武身邊，他手裡拿著一個像抽水菸用的玻璃壺，壺嘴透過一條塑膠軟管連接著氧氣罩，他點燃了裡面精油似的東西，不一會就產生大量的煙霧，「你不想見見肖文嗎？」

梁肖武下意識想躲開那些煙霧：「你在胡說什麼？肖文已經死了！」

「誰說死人就不能見面？」孫皓笑笑，他繞到梁肖武身後，掐著他的脖子，把氧氣罩蓋在他的臉上，「我要你親自跟他對質。」

「你幹什麼！放開我！放開……我……」

梁肖武驚慌掙扎，鐵鍊碰撞出劇烈的響聲，但他越是激動，吸入的煙霧便越多，過了一會，他便四肢無力，瞳孔渙散，癱坐在椅子上，大腦像灌了水泥，呆滯而昏沉。這時，四周突然亮了起來，但那亮光卻是七彩迷離，讓他無法辨認自己到底身處何地。

「哥哥，你看，哥哥，我來了。」

有人在說話，那聲音十分熟悉，他猛地回頭，只見梁肖文站在他身後，還是十八歲的模樣，一頭短髮，額前卻染著一撮鮮紅，是他告訴他，城市裡的人都是這樣表現時髦的。

「肖文，你來啦？」梁肖武發現自己的聲音也變年輕了，他不自覺拉著弟弟的手，「走，我跟廠長說好了，你就到我那條生產線工作，那條線是整座工廠效率最高的，一天能生產八百件商品呢。」

「這麼厲害！八百件是多少錢？」

「一件一塊錢，一天能賺八百，一個月就能賺兩萬多了！」

「好啊好啊，那我多做幾年，就能存夠錢讀書了！」

那時候他們的父母已經死了，梁肖文每個月都把錢存起來，他常常跑到悅城大學，還參加了讀書會，說自己一定要回去讀書。

「哥哥，他們說讓我拍新產品的海報！拍一天給兩千五！」

「哥哥，有人找我拍廣告，一天給一萬，你說是不是騙人的？」

「哥哥，孫老師幫我找了律師，律師說那個廣告商沒騙人，我真的能上電視了！」

從什麼時候開始，那個對他言聽計從的弟弟忽然煥發了生機，像一顆沉眠多時的種子，終於得到了陽光雨露，蓬然勃發。梁肖武一眨眼的時間，弟弟就已經勸他辭職了。

「哥哥，你來幫我吧，不要在工廠受苦了。我跟小敏姐說了，以後你就當我的助理吧。」

梁肖武看著那份合約，底薪是他當初帶梁肖文進工廠的十倍。

長得好看就是不一樣啊。從小就得到父母的偏心，親戚都喜歡請他吃點心，就連老師都特別喜歡他，果然長得好看的人，人生都會更加順遂。

既然如此，就把你的「好看」發揮得更加淋漓盡致，賺更多的錢吧。

梁肖武第一次把喝醉的梁肖文送到某間指定的酒店房間時，雙手都在發抖。他握著那張十萬元支票，在樓梯間裡聲嘶力竭地大笑。

那天之後，梁肖文消失了整整一個星期，他以為他再也不會出現的時候，他居然回來了。

依舊那麼眉目低垂，依舊那麼柔弱可人，甚至對那些安排都默認隱忍。

我還以為你有多麼清高，不過也是貪慕虛榮，為了錢什麼都能出賣。

可是你為什麼總是一臉委屈，又偶爾露出自豪不已的神情，好像自己在為什麼偉大事業奉獻？

「孫皓……孫皓！」梁肖武忽然大聲尖叫，猛地從幻覺中清醒，用力搖頭，把氧氣罩甩掉，「孫皓你這個王八蛋！你以為你就很無辜？你就清清白白？你也是共犯！別想把什麼都推到我身上！」

孫皓沒想到梁肖武會從催眠中醒來，催眠用的洋金花萃取液已經燒完了，讓他不得不鬆開手：「是你讓肖文做那些骯髒的交易！是你害死了他！」

「呸！你以為我不知道？是你勸肖文回來的，你看中他什麼？不就是幫你套那些有錢人的資訊嗎！」梁肖武朝孫皓吐了一口口水，「你會不知道？孫老師，操縱人心、玩弄感情這種事情你多熟練啊！你會不知道他是用什麼方法幫你拿到情報的嗎？你只是假裝看不見，你不僅假裝看不見，還洗腦他這是在做好事！他一點也不覺得這是作賤自己，他每次都懷著對你的敬仰躺在別人的床上！而你卻好意思裝成清高的聖人？」

「你閉嘴——」孫皓抓住他的衣領，「我只是想讓他好過一點！」

「那你帶他走啊！」梁肖武無視孫皓的威脅，朝他臉上吐了一口口水，「什麼好處你都要拿，還想把殺人的罪名推到我身上！你又有多愛他？你不止催眠了肖文，你也催眠了你自己！你他媽根本不愛他，你只是愛著那個自我感覺高尚的自己！」

「閉嘴！」孫皓一拳打在梁肖武臉上，梁肖武頓時嘴角破裂，滿嘴是血，他抓著他的衣領，「我送你親自去見見肖文吧，看他會覺得你這個大哥怎麼樣呢？」

「那你記得跟來，孫老師。」梁肖武哈哈笑道，「你以為那些人會放過你嗎？」

「他們不會放過那個出賣他們情報的人。」孫皓說著，往梁肖武嘴裡塞了一顆藥丸，捂著他的嘴逼他吞下，「他們會發現你畏罪自殺的遺書。我學你的筆跡學了一年多，保證沒有人認得出來。」

悅城醫學大學附屬醫院急診室裡，徐遙一邊讓護士處理他身上大大小小的擦傷，一邊快速翻看著梁肖文的資料，不僅是官方的，還有娛樂圈的小道消息，他看著逐漸西沉的日光，恨不得自己的閱讀速度能再快一點。

「徐遙，你真是禍害遺千年啊。」張藍還沒進門，聲音就先到了，「我家李秩真是被你害慘了。」

徐遙一驚：「李秩怎麼了？」

「腦震盪，外加一身皮肉傷。」張藍撩開簾子，抬到半空中想揍徐遙的手就放下了，「你們到底怎麼回事？老胡快把我煩死了！」

「我們被孫皓誤導了調查方向，以為劉開忠是幕後黑手，結果發現孫皓才是。當時李秩已經在向市立警察局彙報了，我又沒有確鑿的證據，只能先去套他的話，沒想到他利用我來引開追捕。現在梁肖武被他綁架，目前還不知道去向。」徐遙垂下眼睛，他很少這麼誠懇地承認自己的錯誤，「是我太自大了，以為自己紙上談兵的理論就能勝過一線警察的經驗和直覺，如果我不參與進來，根本不會讓孫皓有機可乘。胡隊長他們如果按照正常調查程序，肯定會查到梁肖武，是我給大家添麻煩了。」

「你這樣說話我還真是不習慣。」張藍看見徐遙這麼自責，也不好再說什麼責備的話，「你和李秩也不完全是搗亂，起碼你們抓到了一條線索。老胡跟我說，順著那條線索，已經摸到了好幾樁洗錢案，經濟科一年的業績都在這一個月完成了。」

「但我還是找不到孫皓把梁肖武綁到哪裡去了——」徐遙有點控制不住自己的脾氣，手機一滑，猛然落地，護士嚇了一跳，徐遙用力揉了揉臉頰，朝護士道歉：「不好意思，我沒事，您去看別的病人吧。」

護士忙不迭收拾東西離開，張藍幫他撿起手機，放到他手裡：「脾氣這麼大，看來李秩受傷值得了。」

「你在胡說什麼。」徐遙冷靜了一下，把手機接過去，繼續逼迫自己查看資料。

「李秩跟你說了吧，他是同性戀，喜歡男人，而且就喜歡你這種類型。」張藍在他對面拉了把椅子坐下，「你出國後，我們也沒有放任你，跟蹤調查顯示你也喜歡男人。」

「張隊長，你很奇怪。」徐遙從手機上抬起視線，「你一會讓我離你們遠一點，一會又來幫我物色男朋友，你到底想要我怎麼樣？」

「我沒有想要你怎麼樣，我只是為了李秩著想。」張藍想，事到如今，也只能攤牌了，「你還記得當年負責你那件案子的李泓隊長嗎？」

徐遙愕然：「記得。」他怎麼可能忘記？

「他是李秩的父親。」張藍道，「也是我的師傅。他的脾氣如何你應該很清楚，當年李秩出櫃的時候，被他打個半死，他們父子關係不算很好，如果你再參與進來……」

「我沒有想做什麼，張隊長，你多慮了。」

「你聽不懂人話啊？我說了我不關心你，我關心的是李秩。」張藍說著，從口袋拿出手機，點開一段錄影，是往廢車場路段的交通監控，「你自己看。」

徐遙詫異地接過手機，他雖然是當事人，但全程被困在後車廂，除了被撞得頭暈目眩之外，什麼感覺也沒有。他看見錄影中，李秩不要命地開車追趕，看見他冒著生命危險的舉動，看見他整個人撞在方向盤上，頭破血流，卻連氣都沒來得及喘，就跌跌撞撞地朝他跑了過來。

你怎麼這麼傻啊……

徐遙喉嚨發緊，但臉上依舊無波無瀾，好像只是在看一段無聊的警匪追逐片：「嗯……我去看看他吧，他在哪間病房？」

「徐遙，你要是對他沒有意思的話，就不要……」

「我問你他在哪間病房——」

徐遙聲音提高了一度，張藍一愣，不由自主地說出病房號碼。

「謝謝。」

徐遙漠然地道謝，快步離開，好像那一句質問是張藍的幻覺似的，從未發生。

張藍揉了揉鼻子：「李秩啊，隊長只能幫你到這裡了，其他就看你自己的本事了。」

李秩被安排在兩人一間的病房裡，徐遙到的時候，另一張床的病人被安排去做檢查，房間裡就只有李秩一個人。

徐遙拉了把椅子在李秩床頭坐下，抱著手臂打量沉睡中的李秩。他就那樣安安靜靜地躺著，頭上也只貼了一塊紗布，如果不是張藍告訴他，他還不知道李秩的傷勢那麼嚴重。

「這下你真的變成腦殘粉了。」徐遙端詳良久，最終只能調侃似地低語，「反正你是警察，這是你應該做的……這是你的職責，換成別人你也會那麼做。

我沒有被感動，頂多跟你說一聲『謝謝』……算了，說了你也聽不到，那就不說了。」

李秩對徐遙的呢喃毫無反應，他的睫毛快速地顫動著，用科學的角度分析，這是進入了快速動眼期，說明睡眠中的人正在做夢，如果貼上腦波分析儀器，還能觀測到他活躍的腦波。

睡覺就睡覺，想那麼多幹嘛？徐遙伸出手，輕輕碰了碰他因做夢而輕蹙的眉心，喃喃自語著：「你夢見什麼了啊？」

「徐遙……」突然，李秩像聽見了他的問題一般輕聲回答，徐遙一驚，以為他醒了，趕緊收回手。但李秩的呼吸依舊深沉而節奏稍快，顯示仍在睡眠之中。他隨即想起動眼期的腦波活動也和催眠狀態下相似，有研究指出在這段時間詢問一些平常入睡者不肯回答的私人問題，入睡者也會回答。

所以這很科學，一切都很科學——很科學地證明了，李秩對他懷有不一樣的感情。

徐遙嘆了口氣，想靠在椅背上，但背上的瘀青讓他不是很舒服，於是他乾脆趴在床邊，繼續試圖揣測孫皓到底把梁肖武帶到什麼地方。

他們相識的地方應該是悅大，大多數時候也是在讀書會見面，而私下的交往……天知道他們會選在什麼地方……

等等，「天」知道？

徐遙猛地抬起頭，孫皓的愛好西方文化，既然他和梁肖文定情的象徵是蛇夫座，那他肯定帶他去看過星星才對。

——天文觀測站。

徐遙立刻打電話給胡國鋒：「胡隊長，麻煩你調查一下悅城天文觀測站的工作人員有沒有人認識孫皓？從站長到清潔阿姨都要問，如果有，那個人現在在哪裡？如果聯繫不上或員工識別證之類可以打開觀測站的東西不見了，那孫皓一定是把梁肖武帶到天文觀測站了！」

「觀測站的一名觀測員是他的高中同學，但暫時聯繫不上。」胡國鋒擔憂道，「他不會也……」

「他應該只是被打暈關在什麼地方，暫時不會有事，你們快趕去天文臺。另外，保險起見，悅城的三處天文觀測地區，翠苑山山頂、濕地公園情人湖附近還有濱江沙灘最好也派人去找一找。」徐遙看看時間，「已經六點五十分了，請你們一定要快一點。」

「我馬上安排。」

「胡隊長。」

「還有什麼線索？」

「如果實在沒辦法依靠武力抓住他的話，麻煩跟他說一句話。」

徐遙看向窗外，看著最後一抹暗橙色緩緩沉入地平線，輕輕說出了那句話。

那句，本應該是梁尚文想跟他說的話。

梁尚文來自一個小村落，他覺得那裡不是農村，因為大家都不種田，也不養殖雞鴨，雖然滿山都是果樹，但果子又小又苦。他從小就聽父親說，有城市裡的商人要承租這些山地，然後他們會雇用村民當果農，大家就可以過上好日子。

可是一年又一年，梁尚文從三歲長到十三歲，那些商人都沒有來，村民依舊不種田、不養牲畜，每隔一段時間村裡的委員都會來發補助金，讓他們去買菜苗或設備，但村民們拿到錢就走進小賣店買菸酒，村子裡就會響起徹夜的麻將聲。

梁肖文的父母在他十七歲出了意外，車禍，聽說是進村來考察的科學研究團隊撞倒的。他舅舅說，那些科學家都很有錢，也很厲害，只要給錢，就能把他的父母搶救回來。梁肖文什麼都不懂，他的確認識字，來鄉下教書的哥哥姐姐教過他讀書認字。奇怪的是，舅舅給他簽名的那份東西，上面的字他都認識，但組合起來卻不知道是什麼意思。

但他還是簽了，舅舅說得對，難道他會想讓自己親姐姐死掉嗎？

結果，母親還是死了，父親雖然沒死，但在聽說他簽了那份什麼轉讓同意書後，氣得腦溢血，送院搶救無效，也死了。

在城市裡打工的梁肖武趕回來的時候，只看見梁肖文被舅舅從屋裡趕出來，拚命罵他不是男人、小娘炮、敗壞家門。

舅舅說，他已經同意把他們家的地皮、村民戶口還有父母的車禍賠款都轉給他，現在所有東西都不是他的了。要想繼續住就要付錢，沒錢就去找小賣店的老闆。

他會幫你安排客人。舅舅這樣跟他說。

梁尚武衝上去跟舅舅打了一架，然後梁肖文就被帶到了城市，跟著哥哥一起討生活。他把頭髮剃成平頭，又學《古惑仔》的電影把額前的一撮染紅。他常常躺在烈日下，想把自己曬黑。

他不是小娘炮，他是頂天立地的男子漢。他有手有腳，能跟其他人一樣工作賺錢，獨立自強，誰也不需要依靠。

他拿到第一份薪水後，就跑去問廠長，怎樣才能讓錢變得更值錢。

廠長是個三十幾歲的女人，儘管平日刻薄嚴苛，但聽了梁肖文的話，她第一次語重心長地說了句——讀書。

對，讀書。都是因為他書讀得不多，才會被舅舅騙了。要想不再被騙，就一定要多讀書。

梁肖文把頭髮染了回來，換上乾淨的衣服，來到悅城大學。他看見別人發傳單給他，問他「要不要參加讀書會」。

他不知道讀書會是什麼，但是能讀書就是好地方，他懵懵懂懂地跟著去了，才發現那是很有文化的人聚在一起交流讀書心得的地方。每個人都自我介紹是哪個學院哪個科系的，輪到他的時候，他困窘得滿臉通紅，起身就想離開。

「這位是我請來的助教，他不在這裡讀書。」那個看起來最溫柔可親、比他大不了幾歲的男人卻拉住了他，笑咪咪地讓他坐下，塞了一本《希臘神話》給他。

從那天起，他就經常參加悅城大學的讀書會，他負責整理大家的讀書筆記，編寫讀書會紀錄，編寫會刊，他生平第一次覺得自己是有文化的，他還學會了英文，學會了詩歌，學會了看星星。他不再刻意打扮自己的外表，因為他的書友告訴他：人只要有自信，就不會在乎外貌如何。

他覺得自己的人生好像得到了神明的拯救。

他覺得那個叫孫皓的研究生就是他的神話。

後來，他當了模特兒；後來，他成為藝人；再後來，他成為了某個節目的冠軍，變成滿城皆知的名人。

那些村民幾乎隔幾天就來找他，十幾年沒說過一句話的親戚都跑來求他提攜，他覺得他們非常噁心，明明只有哥哥是真心愛護他的，他們憑什麼要他像對待哥哥一樣對他們好？

他從來沒有懷疑過梁尚武，無論那些交到他手中的錢最後去了哪裡他都不在乎，是哥哥把他從那個沒有希望的村子裡救出來的，他願意把今天所有的一切都獻給梁肖武以示報答。

那一天，他從酒店逃出來的時候連手機都沒有帶，他慌不擇路，完全不管身上的傷，一口氣跑到一幢他也不知道是什麼地方的高大建築物前，靠著一道黑色的鐵欄杆坐下，蜷縮在黑暗的角落裡瑟瑟發抖。

他不明白，他不明白梁肖武為什麼要這樣對他？他不明白自己到底做錯了什麼，才會讓最疼自己的哥哥這樣對他？

柔和的路燈慢慢亮了，映照出他背後的十字架，他愣愣地看著那象徵神聖的十字架，只覺得心裡有什麼東西應聲碎裂，痛得他忍不住嚎啕大哭起來。

如果真的有什麼神，能不能現在就讓天使把我帶走？我知道自己出身罪惡、滿身骯髒，但我還是想得到救贖，想脫離這一汪泥潭。如果有什麼神明，可不可以現在就把我帶走？

「肖文？」

一個聲音從背後傳來，梁肖文回頭，看見捧著一沓學生資料的孫皓出現在他背後。他詫異地看著衣衫不整、一頭亂髮的他，默默地把牛仔外套脫下，罩在他身上。

梁尚文後來唱過一首歌，歌名就叫〈穿牛仔外套的天使〉。

其實他是知道的，那天他的哭聲，招來的並不是天使。

「但他知道撒旦也一樣能讓奇跡發生。」

胡國鋒讓人把投降的孫皓銙起來，早就在待命的救護車把吸入了致死量的天仙子煙的梁尚武緊急送醫搶救，背景裡一片凌亂的警笛聲和救護車聲：「徐老師，這句話到底什麼意思，為什麼孫皓聽到這句話就從天臺上下來了？」

「沒什麼意思。」

徐遙嘆口氣，掛了電話。

撒旦以為自己墜入愛河，所以準備為此殉情，他只不過是讓惡魔從愛戀的錯覺裡醒過來罷了。

他救了一條人命，卻喚醒了一隻惡魔。

他也不知道自己做得到底對不對。

李秩做了一個關於家人的、久違的夢。

夢裡他還是十歲的小孩，下課背著小書包到媽媽所在的研究所去寫作業。天氣很熱，他和其他同學一起買冰棒吃，男同學都要藍色包裝的，女同學都要粉紅色包裝的，李秩覺得無所謂，就隨手拿了一個粉紅色的。

冰棒融化得很快，他一邊走一邊吃，卻還是被融化的冰棒弄得滿手都是黏膩的糖水。

李秩從小就愛吃甜食，貪吃的他捨不得洗手，不顧衛生地把手指塞到嘴裡，一根根舔乾淨。

可是那糖水的味道卻變得有點奇怪，他詫異地舉起手，只見手上一片鮮紅，他的嘴裡全是血，甜腥的味道卻是從喉嚨往上湧出。

他的手掌忽然變大，手指也變長，同學們不見了，冰棒也不見了，他瞪大眼睛看著這神奇的變化，頭上忽然受到一記重擊，他整個撲倒在地上，反射地大喊一聲：「爸！」

可是爸爸沒有來救他。

那個打他的人就是他的爸爸。他面目猙獰，五官扭曲，惡狠狠地咒罵他，不管身邊拉著他的叔叔伯伯，用力把他推進河裡。

那是一條河，是他手上的紅色血水流淌出的一條河。他掉了下去，那時候他還不會游泳，他驚慌地哭喊著救命，但父親並沒有伸出援手。他十分著急，正想喊媽媽，紅色的河流裡就漂來一個人，像一段了無生氣的浮木。驚慌之下，他也管不了那麼多，只能一把拉住那個人。

那是他的母親，她雙目緊閉，臉白如紙，額頭上印著一大片血肉模糊的傷痕，黏著濃黑的頭髮，纏繞著李秩的手腳，把他往下拖。

為什麼啊？我到底做錯了什麼？

李秩輕輕地撫摸著母親慘白的臉，把她抱住，任由那些瘋狂生長的頭髮把他包裹起來，如同一個黑色巨繭，沉沒河底——

「李秩？李秩！李秩你醒醒！李秩！」

臉上有些奇妙的觸感，一開始鈍鈍的，接著便疼痛起來，李秩皺著眉頭睜開眼睛，只見徐遙一邊喊他一邊往他臉上搧巴掌，頓時哭笑不得：「你怎麼襲警啊？」

「你剛剛睡著睡著就突然抽搐起來了。」徐遙看李秩醒了過來，手腳也漸漸鬆弛，才坐回床邊的椅子上，「做惡夢了嗎？」

「沒有，太累了。」李秩這才回過神，發現窗外天色已經黑了，「孫皓呢？抓到人了嗎？梁肖武呢？」

「別緊張，胡隊長已經把孫皓抓住了，梁肖武也暫時沒有生命危險。細節以後再說，你別亂動了。」徐遙皺著眉頭把幾乎要跳下床的李秩按回床上，「你有輕微腦震盪，剛才又開始抽搐，可能是腦部外傷所致……你別動了，我去叫醫生。」

徐遙的語氣很不耐煩，但任誰都聽得出其中的關心，他讓李秩躺回去就往外走，李秩一把拉住他：「徐遙。」

「放手。」徐遙一頓，好像也意識到自己熱心過頭了，「我受傷了。」

「啊，對不起！」徐遙的手腕被塑膠束帶勒出兩道血痕，雖然不是很嚴重的傷，但李秩也趕緊鬆手，「你坐下來吧，不用麻煩了，我只是做惡夢，沒事的。」

「那你喝點水吧。」徐遙只好坐回去，幫他倒了一杯熱水，「醫生說你要住院觀察兩天，沒事就可以出院了。」

「謝謝。」

其實李秩滿腹疑問，比如孫皓認罪了嗎？梁肖武招供了嗎？孫皓怎麼會投降？是怎麼抓到他們的？但他現在只能埋頭喝水，偶爾偷眼瞄一眼渾身都寫著「不自在」三個字卻仍然守在他床邊的徐遙。

他一直在這裡照顧我嗎？李秩垂下眼睛，盯著鼻尖前那一杯白開水，熱氣升騰，讓他耳尖發紅：「我沒事的，你回去休息吧，都這麼晚了……」

「你知道你隔壁床的那個病人嗎？」徐遙忽然指了指李秩隔壁的空床，李秩被送進醫院時是昏迷的，根本不知道那裡還有人，他茫然地搖頭，徐遙接著說：「你進來的時候他還挺好的，接著護士帶他去做檢查，發現不對勁，馬上進手術室動手術，現在還在加護病房。」

李秩不是很明白徐遙的意思，是想說人生無常嗎？

「嗯，世事難料……」

「是很難料，比如連我也沒猜到，你居然是李泓的兒子。」

「你認識我爸？」李秩頓時明白過來，「以前你牽涉的案件，是我爸處理的？」

「那時候我十五歲，已經是二十年前的事情了。」徐遙換了個姿勢，把一條腿放在另一條腿上，抱著手臂，這是他二十年來第一次跟一個無關人員說起這起案件。他本能地抗拒著，卻又知道繼續保持沉默對李秩不公平，於是他深吸一口氣，繼續說了下去：「我的父親叫徐峰，是國內第一批研究犯罪心理學的專家，連現在的林森教授也是他的學生。」

李秩在心中感嘆：難怪你那麼專業，原來是幼承庭訓。

「我從小就對那些偵探推理故事很感興趣，父親經常把學生叫到家裡進行研究討論，我耳濡目染地獲得了一點學問知識，就在學校裡辦了推理研究會，自以為很了不起的樣子，還組織大家宿營集訓。」徐遙說著說著，懷念的語氣變得悲傷起來，「我跟四個研究會的同學一起到了一間旅館，以前沒有那麼多娛樂設施，所謂的旅館就是一棟三層樓的民宿，還是我拜託父親，旅館的老闆才把民宿借給我們。那天晚上，我們像平常一樣討論著小說的設定，然後就各自回到房間睡覺。我睡得很不安穩，就像做了很多惡夢，但最大的惡夢，卻發生在我醒來的時候。」

李秩不知不覺坐直了身體。

「我被一陣尖叫吵醒，醒來的時候我是站著的，我以為自己在夢遊，但是我看見四個同學都用驚恐萬分的眼神看著我。我感到很奇怪，低頭一看，卻發現自己身上全是鮮血，站在一片血泊之中，而我的腳邊正倒著一個人……」
「你的父親？」李秩屏住呼吸。
「我一開始認不出他是誰。」徐遙臉上每一條肌肉都在努力放鬆，但依舊微微發抖，「他……他的頭骨被打開了……腦部組織被移了出來，放在一邊的盤子上……」
李秩喉結一滾，光是聽著都覺得這場景變態恐怖，他不敢想像目擊這一切的學生當時受到了多大的衝擊。
「我們都被帶走問話，我和其他三個同學一樣，都是夢遊一般站在客廳裡醒來；唯獨馬天行不一樣……」
「馬天行？」李秩詫異，「他也是目擊者？」
「他跟我是從小一起長大的朋友，我們都喜歡懸疑的推理故事。」徐遙想到馬天行現在的狀態，嘆了口氣，「他說他看見我父親走進來，還說他看見他被惡魔殺死了，而我就是那個惡魔……當時，他說的話有很多不合理的地方，而且也沒人知道為什麼我父親會出現在那裡，也沒有找到凶器。因為證據不足，所以我這個唯一的嫌疑人被無罪釋放。我母親是一名警察，但事件發生後，她沒辦法繼續在警局裡了，她辭掉工作，動用一切關係，才跟我父親在美國學習時認識的一位教授取得聯繫，千方百計把我送出國。而這一走，就是二十年。」

「但是你父親的案件也一直沒有解決……」李秩手中的杯子從熱變溫，而他對徐遙的感覺也在這一刻從滾燙的吸引變成溫熱的認識，他動了動身體，正對著他，「你放心吧，就算你告訴我，你接近我只是為了查明你父親的案件，我也不會介意的，換成是我也會千方百計去查明真相……」

徐遙皺眉：「要是我有意接近你，那之前五年都去幹嘛了？」

「啊？」李秩沒想到自己會錯意了。可是，如果不是跟他坦白，為什麼徐遙要提起這起案件呢？「那你的意思是？」

徐遙迎上李秩的目光：「如果我跟你說，其實我並沒有那麼想知道真相，你會不會懷疑我就是真凶。」

「我不知道……」李秩說著，朝他伸出手，徐遙還沒皺完眉頭，手裡已經被塞了一個溫熱的杯子——這時他才發現，自己一直緊抓住手肘的指尖冰冷蒼白，「但既然你告訴我，那我能為你做些什麼呢？」

「我不需要你為我做什麼。」徐遙兩道眉毛蹙得更厲害了——他的形象就那麼功利嗎？難道不能只是單純跟朋友傾訴一個隱藏多年的祕密，減輕一下心理負擔？「你只要知道這件事就可以了。」

李秩更加迷糊了：「哈啊？」

「我要回去睡覺了。」徐遙無奈地聳肩，他站起來伸了個懶腰，把杯子放回床頭，「你家鑰匙給我。」

「嗯？」儘管李秩不明白為什麼徐遙要他家的鑰匙，更不明白他怎麼知道自己的地址，但他還是乖巧地把鑰匙交給了他，才問到：「你要幹嘛？」

「你不是要住院觀察嗎？明天我幫你帶一些日常用品……」徐遙猛然察覺這完全超出了朋友的界限，連忙解釋，「是張藍拜託我的，他說這兩天要和胡隊長一起整理資料，你的地址也是他給的，你別誤會。」

「我沒有誤會，真的沒有！謝謝你！」李秩也連忙否認，他一口氣說了好幾個謝謝，才把徐遙「謝」了出去。看著門終於關上，徐遙的腳步聲也逐漸遠去，李秩才摸著胸膛那顆撲通撲通直跳的心臟大口深呼吸，「我有什麼可以誤會的啊……」

徐遙大步走到醫院門口，才把屏著的一口氣吐了出來，掌心裡握著的鑰匙都變得有點滾燙。他拍了拍自己的臉，自言自語道：「有什麼好誤會的啊，徐遙你在想什麼呢……」

其實他也的確說不清楚為什麼一定要把這件事告訴李秩，他到底是希望李秩對他心存芥蒂，不再親近他；還是希望他說相信他，願意為他查明真相？

還是，其實他也希望有一個人能夠強迫他面對過去，拯救那個外表強硬內心懦弱的、十五歲的他，帶著那個不敢面對真相的他擺脫過去呢？

「抱歉，請問一下，下午有一位名叫李秩的警察住院了，方便告訴我病房號碼嗎？」身旁的服務臺傳來一個有點耳熟的聲音，「我是他的父親。」

徐遙猛地轉過頭去，只見諮詢臺前站著一個五十出頭的男人，儘管兩鬢有些斑白，但依舊魁梧挺拔，不見臃腫，尤其兩眼仍炯然若星，跟二十年前那個逼他承認「因為徐峰察覺到你的真正目的所以你殺了他」的警察絲毫不差。

李泓感覺到注視的目光，他轉過頭，只見一個身段頎長、面容柔美的男人正盯著他看，那栗色的頭髮跟碩大的金色圓框眼鏡讓他一時間無法在腦海中找出對應的人名。可當他看清那人的眼神，一個名字便如子彈般擊中他的眉心，他驚訝地喊了一聲：「徐遙？」

「李警官不止眼力好，記性也很好啊。」徐遙扶了扶眼鏡，嘴角扯出一個皮笑肉不笑的弧度，「來看李秩嗎？」

「你認識李秩？」李泓心中一凜，「你們是什麼關係？」

「朋友。怎麼了？還想再打他一次？」

徐遙冷笑一下，李泓便知道李秩已經跟他坦白了自己的性向——他兒子這樣做，多半是對徐遙有意思了：「他對當年的案件一無所知……」

「我全都告訴他了。」徐遙十分慶幸自己先向李秩說明了那段過去，不然從李泓嘴裡說出來，不知道會變成什麼版本，「李警官你放心，我不是為了案件而來的，過去的事情我不想追究，也請你早點放下吧。」

「死去的人是你的父親，你也不想追究？」儘管李泓已經退休，但他那洞若明火的目光依舊隨時讓人感覺他在對你嚴刑拷問、步步緊逼，「除非你就是凶手。」

「李警官，經驗是有用的，但也是有侷限的，如果你有時間願意研究一下受害人的追蹤檔案，就會發現很多人最終都會放開一件沒有頭緒的懸案，好好生活。」徐遙不想再跟李泓多談過往，他搖了搖頭，「時間不早了，就不打擾你們父子相聚了。」

說罷，徐遙便轉身離開。李泓皺著眉頭沉思了一會，才走向李秩的病房。

自從李秩向他出櫃後，他們的關係就鬧得很僵，這十年來，他們父子見面的次數不超過十次，而且全都是不歡而散。張藍和向千山偶爾跟他提及李秩在警局的工作，他聽得出來他們都很照顧他，也就不怎麼主動過問。這次李秩受傷入院，他想過來看看，想不到卻遇到了徐遙。

徐遙並不是他警察生涯裡年齡最小的嫌疑人，他處理過的案件中，十三、四歲血氣方剛什麼後果都不顧，打架生事以致鬧出人命的男孩也不算罕見；十五、六歲就更常見了，街頭混混打群架，都是一群一群抓回來的。

但徐遙跟他們完全不一樣。儘管精神恍惚，情緒低落，但在整個審訊的過程中，他都以一種極其冷靜的情緒來應對不同的訊問和折磨，彷彿是為了這一天而特地進行過訓練，李泓甚至懷疑他是不是學習過什麼在極端情況下保守祕密的自我催眠方法——後來他去查詢書籍，國際特務的確有關於應對酷刑拷問的精神訓練。

那絕對不是一個正常的十五歲男孩應該有態度。儘管當時「反社會人格」的概念不是很普及，但李泓深深地感受到眼前的這個少年就是這樣天生的惡魔——他與同伴一起密謀一個完美的殺人方法，同伴以為他們只是在商量小說情節，但他實際上是要把他們騙出來執行這個計畫，就像學習完解剖理論後就要對人體動刀一樣。然而他的父親徐峰，一個心理科學的先鋒，發現了兒子的計畫趕來阻止，於是被不受親情人倫約束的兒子殘忍殺害了。

李泓的證據是徐遙寫的一本小說筆記，他動用了一切非暴力手段逼問他，恫嚇威逼、剝奪糧水、睡眠限制、暗室禁閉等等，就在徐遙瑟縮在暗室角落裡的時候，他以為惡魔終於要屈服，結果徐遙只是睜開眼睛看了他一眼。

李泓永遠無法忘記那個眼神，並不是因為那眼神中透露的憤怒和怨恨讓他感到害怕，而是那一眼裡更多的是不屑和嘲笑，彷彿在說「你們就這麼一點手段了嗎」確信自己會逍遙法外的篤定。

得不到自白，找不到凶器，而且根據法醫報告，以徐遙偏柔弱的體型，很難殺死徐峰這樣體格強壯的成年男人，而切割顱骨更需要專業的器具，同樣沒有任何證據顯示徐遙有能力取得這類型的工具。

在這樣疑點如雲的情況下，無法對徐遙提起訴訟，就如李泓所擔心的，惡魔回歸了社會。

而現在，這隻惡魔竟然來到了他兒子身邊。

李泓輕手輕腳打開病房的門，李秩已經睡著了，他走到床邊，打量起許久未見的兒子的臉龐。

李秩除了身材體格遺傳了他，其他方面更像他的母親，鵝蛋臉、大眼睛、高挺的鼻梁和薄唇，小時候他常常被隔壁的張藍和張紅欺負取笑，說他是小女生，李秩急得直哭，跑回家找他告狀，還被他訓斥沒有男子氣概。自從那次之後，李秩眼淚一擦，搖身一變，變成了警察大院裡的小霸王，別人打他一拳他還別人五腳，還會替別的孩子出頭，一副「男子漢大丈夫要什麼沒有要命一條」的混世魔王。

當時李泓絕對沒想到李秩會是同性戀，他甚至一度懷疑是不是因為妻子去世後他疏於照顧，才會讓他在青春期走上岔路。

其實那麼多年過去了，李泓已經多多少少接受了這件事，只是他們父子都過於倔強，李秩才會自我隔離，李泓也拉不下臉開口求和。李泓也想過，要是有一天李秩突然通知他他有了愛人，他會是什麼反應。但千萬種假設裡，都沒料想到那個人會是徐遙。

「兒子啊，他真的太危險了。」

李泓看著李秩熟睡的臉，長長地嘆了口氣。他低聲呢喃著，幫李秩蓋好被子，便起身離開。他一邊走一邊拿出手機，發了一條訊息給向千山。

「老向，明天有空下棋吧?老地方。」

第五案　弎修斯之船（上）

THE LAST CRY FOR HELP

李秩不知道在自己睡著的時候，發生過這麼一件可以說是改變了他和徐遙關係的大事。他一覺睡到自然醒，既緊張又興奮地等著徐遙送日常用品給他。

門「吱呀」一聲開了，李秩一下朝門口的方向坐直身體，正準備精神抖擻地跟徐遙打招呼，卻被進門的人堵了回去：「王哥？怎麼是你？」

「當然是我啊，副隊長。」只見王俊麟提著一袋日常用品走進門，手裡還拿著一個保溫杯，他三兩下把東西整理好，倒湯給李秩，「這是我媽煮的魚湯，副隊長你趁熱喝。」

「謝謝……可是怎麼是你來了？」王俊麟如此殷勤，李秩也不好推辭，但他仍然掛念著徐遙，便追問道，「我記得我把鑰匙給徐遙了……」

「哦，徐老師說他有事情要忙，就拜託我幫你拿東西。」王俊麟對徐遙的稱呼都變成尊敬的「徐老師」了，「這次多虧副隊長和徐老師我才沒事，真是太感謝你們了！」

「你是無辜的，就算我不插手，胡隊長他們也會查出真相。」罪犯側寫是徐遙完成的，大部分實質證據都是經濟科找到的，除了救人救到進了醫院，最後的抓捕他也沒有參與，李秩實在不敢邀功，「隊長跟胡隊長他們還好吧？」

「他們很好啊，這次釣到高品集團這條大魚，聽說涉案金額已經超過一百億了。雖然不歸我們管，但沾了不少光呢。」王俊麟繪聲繪色地說道，「隊長說有一筆獎金，等你出院我們去吃大餐！副隊長快喝湯吧，小心燙！」

「哦……」原來是臨時有事啊，那就沒辦法了。李秩不知道徐遙因為見過李泓而有所芥蒂，只當是他有突發事件要處理，只能可惜地認命。他一邊讓王俊麟別獻殷勤了趕緊回去，一邊拿出手機發簡訊給徐遙。

「我聽王哥說你有事情要處理，不是什麼麻煩吧？有需要幫忙的地方可以跟我說。」

點擊發送，幾秒之後，身在李秩意想不到的地方的徐遙便收到簡訊，他看了一眼，沒有回覆，把手機放回口袋裡。

「徐老師，我只能給你五分鐘。」

市立警察局的偵訊室外，只見胡國鋒跟押送孫皓到看守所的人員溝通了一會，隨後跟徐遙說道：「你幫了我們很大的忙，但這不符合規定……」

「胡隊長請放心，我不會對任何人說的。」徐遙頓了頓，「李秩也不會。」

「抓緊時間吧。」

胡國鋒得到了徐遙的承諾，便打開門讓他進去。偵訊室裡，手腳都戴著鐐銬的孫皓淡然自若地坐在椅子上，看不出一點緊張焦慮或憤恨不甘，彷彿不知道自己即將面對至少二十年的牢獄、無期徒刑甚至死刑的懲罰。他彷彿早已料到徐遙會來，臉上帶著等候朋友才會有的微笑：「你來了，我就知道你會來。」

「為什麼？因為我拆穿了你的悲情戲碼？」徐遙沒有坐下，站在他對面說道。

「多虧你拆穿了我，不然我入戲太深，真的想要為尚文殉情了。」孫皓搖搖頭，露出一個對自己十分失望的笑容，「我還是學藝不精啊。」

「我聽說最好的演員不僅自己演得好，還會讓周圍的人投入其中。所以，是梁尚文演得太好了，他不止騙了自己，也騙了你，讓你心甘情願陪他演一齣救贖與戀虐的戲碼。」徐遙話語裡並無嘲笑的意思，聽起來卻莫名刺耳，「如果你真的愛他，又怎麼會在他提出要揭發高品時，毫不留情地把他殺死了呢？你還馬上想到如何利用他的死嫁禍劉開忠，親手送高品這個金主一程來斷尾自保。我想你對梁尚文的死是感到痛心的，但你痛的不是他的離開，而是他的不聽話，讓你無法繼續這個感情遊戲。」

「好了，徐老師，林教授都說你最有希望成為他的接班人，就不用繼續分析我了。你說的對，但我比較想知道，你為什麼要叫醒我？」孫皓笑了笑，「別說什麼死了就太便宜我、要讓我接受法律公正的制裁，我知道你不是這種人。」

「我想讓你幫我一個忙。」

「哈？」孫皓還以為自己聽錯了，「你說什麼？」

「能夠這麼隱密地催眠控制這麼多人，你的手段非常高明。」徐遙道，「我知道你肯定會利用精神疾病來打官司，林森教授要避嫌，肯定不會參加你的精神評估。能做鑑定的人不多，不巧那些人我都認識，你幫我一個忙，我能讓你從死刑變成無期徒刑。」

「無期徒刑，終生在一方狹小的空間裡無法離開，我怎麼覺得這個選項比死刑更慘呢？」

「別裝了，你肯定有辦法在裡面混得很好，就算沒有天仙子跟洋金花，你也能夠掌控很多人。」徐遙看了看時間，「我沒時間跟你討價還價，一個幫忙換取無期徒刑，接受就點頭，不會有更高的籌碼了。」

孫皓終於有點動搖：「那你先告訴我，你要我幫什麼忙？」

徐遙兩手撐在桌上，低著頭，眼睛盯著孫皓：「我要你催眠我。」

「嗯？」

由梁肖文的死而引出高品集團一系列的犯罪事實，霸占了各大媒體的頭條將近一整個星期，從娛樂版到經濟版，全都是各種繪聲繪色的傳奇故事。

梁肖文這顆短暫劃過的流星，最後因揭發罪惡而墜落，可以說是這系列案件裡最為悲壯的故事。不止他的粉絲為他舉行了各種悼念活動，連向千山也在新聞發布會上以「儘管一時迷途，但幡然醒悟後的一切都是如此真誠可貴，甚至不惜以生命作為代價來洗清罪孽，還以世間公道」來形容「一位英年早逝的案件相關人員」。

在梁肖文信仰的神話裡，他已經可以成為天空中的一個小星座了吧？儘管不那麼出名，儘管不會被納入黃道十二宮，如他所信仰的蛇夫座，但也盡自己所能發光發熱了。

「老向，寫新聞稿果然是你的強項。」李泓喝了一口普洱茶，優哉游哉地在棋盤上落了一子，「其他人寫的新聞稿根本不能看。」

「不然我能怎麼辦？打也打不過你，拚也拚不過你，不發展一個無法替代的優勢，怎麼待得下去啊。」向千山開起自己的玩笑，他讓輝南茶藝館的服務生把電視關上，「我們安心下棋，不看電視了。」

「好的，局長。」服務生年過三十，卻一副跟向千山很熟悉的樣子——這在輝南社區裡是常見的事了。

輝南社區，俗稱的警察大院，上世紀八、九〇年代聚居著悅城大部分的警察人員，現在他們大多退休，有的子女還繼續當了警務人員。張藍常常說這裡現在是退休警察中心，在這裡長大的人都彼此認識、知根知底，服務生對往來的警務人員都見怪不怪了。

服務生把電視關上後就退了出去，李泓才對向千山問道：「徐遙回來了你怎麼沒告訴我？」

向千山不以為意：「他回來了，但他似乎並不想追究他父親的案件，倒是林森那邊動作頻繁，而且最近接連發生的案件都和犯罪心理學多少有些關聯，讓他積極向上級遊說成立獨立的犯罪心理研究小組，我想他最終的目的一定是徐峰的案件。」

「徐峰的案件只有一個嫌疑人，就是徐遙，難道他想把自己恩師的兒子送進監獄？」李泓搖頭，「老向，你還不願意說實話？這是你最後一次機會了。」

「啊？」向千山愣了愣，才發現自己的白子已經被黑子包圍，他笑著賠罪：「不是你自己說不想聽李秩那個臭小子的事情嗎？現在居然關心起兒子的感情生活？」

「所以你真的知道他們認識？」李泓心口一窒，「他們是真的？」

「這個你要問張藍，我不清楚。最近的幾次案件都是徐遙提供了關鍵的幫助，而且李秩跟他十分熟悉，他們經常一起行動。」向千山的手指抹著杯口，用商量的語氣說道：「老李，要是徐遙跟林森沆瀣一氣，揭發我們當年的訊問手段，重點是，都用了那樣的方式，還是無法找到真凶，林森一定會窮追猛打，說我們的方法無法應對這種心理變態的案件，如果當年徐峰的案子交給心理學專家，可能會有不同的結果。而且，這起案件還成為馬天行犯罪的基石，可見這類罪案的影響深遠。要是這樣，我們一點還手之力都沒有啊。」

「徐遙不會跟林森聯手的。」李泓卻道，「他要這樣做，五年前回國就能開始籌劃，沒必要等到現在。而且當年我和你平級，你不必為我的行為負責，我都退休了，他攻擊不了你的。」

「你的意思是不擔心徐遙借題發揮，但擔心他接近你兒子？」向千山失笑，「老李啊，都什麼年代了，孩子們戀愛就讓他們戀愛吧，難道你還想棒打鴛鴦……你千萬不要又動手啊！」

「我那時候狀態怎樣你又不是不清楚，我也很後悔。」李泓其實一直為當年自己過激的行為後悔，但他找不到機會也拉不下面子跟李秩道歉，「我擔心的不是性別，是徐遙這個人太危險了，他不會真的在乎別人，我不希望李秩有一天成為被他犧牲的人。」

向千山詫異：「犧牲？什麼犧牲？」

「你沒發現他的人生就是不斷在犧牲別人嗎？」李泓下了最後一枚黑子，「先是他的父親徐峰，然後是他的母親邵琦，最近是他的同學兼當年案件的證人馬天行，聽說孫皓是林森的學生，搞不好也跟徐遙有什麼關係。無論是他故意還是巧合，總之他的生活就像一個漩渦，會把所有認識的人都吞噬殆盡。我不能讓李秩也落入同樣的命運。」

向千山沉默不語，默默放下棋子認輸。

他突然意識到，彷彿有一局棋才剛剛開始，可是他卻看不出他們到底是下棋的人，還是盤中的棋子。

不同於兩位資深警察的思考，永安區警察局的警員們沒有閒暇去想自己到底是什麼身分，他們一貫只顧著埋頭做事。這次雖然沒有任何公開表揚，但警局內部大家都對李秩的貢獻大加讚許，尤其是他僅從一份完全看不懂的會計報表就看出造假端倪的細心，連經濟科的前輩都對他讚不絕口。

這位無名英雄在躺了兩天後終於出院了，但醫生仍然禁止他進行激烈活動，因此兩週內都不能出外勤。張藍取笑他兩週不運動，一定會被楊雪雅餵成豬，李秩一邊喝著楊雪雅煮的奶茶，一邊反駁「你只是嫉妒我可以不用到外面吹冷風」。

十二月已經到了末尾，麻煩不斷的悅城總算安穩了兩個星期。時間鄰近聖誕，屆時市區到處都有商業活動，又到他們該嚴陣戒備的時候了。魏曉萌提出他們應該在聖誕節到來前去吃一頓火鍋，洗刷過去三個月的壞運氣，也順便慶祝李秩重歸外勤。這個提議大家一致通過，並同時通過由隊長請客的臨時動議。

張藍捂著胸口接受了大家「萬歲」的呼喊後，就把這群吸血鬼全都趕去工作了。魏曉萌拉著正要出勤的李秩小聲說道：「副隊長，你請徐老師一起來吧！這次他也辛苦了！」

「嗯……我問問看。」

其實，就算魏曉萌不說，李秩也想找個藉口聯繫徐遙。自從那天醫院一別，他就和徐遙失去聯繫，儘管每天都看到徐遙的文章更新，猜想他是忙著趕稿所以不理他，但經過一番生死患難後，他還是像以前那樣連一個「嗯」都沒回覆，就讓他有點難受了。

「再怎麼忙碌，也要吃飯的吧……」

李秩拚著最後一點厚臉皮發了邀請給徐遙就出去執勤了。等他忙完拿起手機，也沒發現回覆，他有點難過，心想大概是自己表現得太過明顯，所以把徐遙嚇跑了。

李秩悶悶不樂地整理筆錄，小說APP的更新提示響了，他拿起手機看了一眼，按照慣例先贊助再仔細看內文。

但這次他沒來得及細看，就整個人跳了起來。

在文末的「作者有話說」裡，甚少寫題外話的徐遙打了一行字——**明天和朋友聚餐，停更一天。**

李秩盯著那個「朋友」想了半天，也不敢確認這是不是指他，不得不小心翼翼地發了一條訊息給徐遙：「**您說聚餐的朋友是指我嗎？**」

在發出去之前，李秩又把「我」改成了「我們」。

半晌，徐遙才回覆：「**你和他們都是我的朋友。**」

李秩當時只顧著開心，並沒有發現「你和他們」是一個多微妙的並列。

翌日下班，一行人歡欣雀躍地往火鍋店出發。落座後，李秩的眼睛便沒有離開過門口。張藍拍了拍他：「別看了，答應了你就會來，裝什麼望夫石。」

李秩臉上一熱，猛眨一陣眼睛：「你說什麼啊，我就、我就是看看雪雅姐來了沒……我、我想念她煮的奶茶了！」

「你再這樣，我要叫服務生多拿一個桶了。」

「什麼？」

「讓你繼續裝啊！」

說笑嬉鬧間，徐遙也到了，王俊麟又是一陣千恩萬謝，徐遙一邊讓他別客氣，一邊在李秩身邊坐下。

本來李秩就是警局裡跟徐遙最熟的人，大家一開始就默認空了一個位子給他，徐遙這麼坐下去可以說是再自然不過，就像平時警局裡開會一樣，但李秩不知道是因為太久沒見到徐遙還是心裡有鬼，竟然驚得打翻茶杯，把徐遙嚇了一跳。

李秩困窘萬分，狼狽地拿紙巾擦拭，徐遙按住李秩的手，從口袋拿出一方手帕：「沒燙到吧？用這個擦。」

徐遙的手落在李秩的手背上也不過一兩秒，他把手帕塞進他手裡後就轉過身去看菜單了——可是，李秩感覺他好像撫摸了一下他的大腿，動作輕柔而迅速，微微的搔癢傳到大腦皮質時，一切早就結束了。

是他的錯覺吧？一定是他的錯覺，是他太喜歡徐遙了，才會產生這種不知廉恥的錯覺。正直善良的李副隊長一時無法接受自己竟然產生了如此痴漢的想法，他緊緊抓著手帕，說了句「我去洗手間一下」，就快步跑到洗手間，把自己反鎖在廁所裡面壁反省。

「你是怎麼回事啊李秩……」

李秩本意是埋頭反省，可他猛然發現手帕上滿是徐遙的味道，又忍不住湊到鼻尖前深吸了兩口。

徐遙身上那股果木般清新的味道，路貝兒說那是香奈兒蔚藍，他不懂香水，只是單純的覺得很好聞。但是這麼一聞，剛剛那稍縱即逝的錯覺好像更加清晰了，燥熱感直衝下腹，他無奈地收起手帕，潑了自己一臉冷水。

李秩不敢說自己很瞭解徐遙，但他能察覺到他不是一個會輕易打開心扉的人。徐遙態度冷漠，性格寡淡，嘴上刻薄，言行不一，在剛認識的人面前他會立起三百層難以接近的壁壘來阻擋，要把這些壁壘攻破，不僅需要時間和耐心，更需要契機。

一句「朋友」已經十分難得，他不敢得寸進尺，生怕自己單方面的感情會把他嚇回那三百層保護屏障之後。

李秩冷靜了一陣子，才把那股難以名狀的衝動壓了下去。他擦乾臉，回到餐桌上，這時服務生已經開始上菜了，大家盯著翻滾的火鍋，個個眼睛發光，在這一群狼虎之中，徐遙顯得特別淡定。李秩忍俊不禁，還沒坐下來就開始取笑他們：「真像一群餓死鬼投胎，員工餐廳的蔡阿姨都要埋怨你們喜新厭舊了。」

「這家的雪花牛會讓你後悔說出這句話的。」張藍冷哼一聲，把一整盤牛肉片倒進鍋裡。眾人猛點頭，十秒後手中的筷子便以迅雷不及掩耳的速度撈起肉片。

李秩哭笑不得，只夾到兩片，放進了徐遙碗裡：「徐遙，你跟他們吃飯不要太客氣，晚幾秒就什麼都吃不到了。」

徐遙笑了笑：「沒事，我運動量少，也吃得少。」

「欸——但是徐老師，你經常動腦啊，動腦也很耗費能量的！」魏曉萌也把搶到的肉分了兩片給徐遙，「我也看你寫的小說了，寫得真好！不愧是徐老師！」

「對對對，我也看了我也看了！」王俊麟也夾菜給徐遙，「那部《逝者之瞳》的男主角，原形是不是我們副隊長啊？」

李秩一愣，徐遙的筷子也頓了頓，但他很快就平靜地回答道：「有參考你們的實際工作情況，但人物是虛構的，這樣代入真人不太好，不然以後我虐待主角的時候你們就不會贊助了。」

「哈哈哈，徐老師你還看贊助啊？」

「當然重視，那些都是錢呢。」徐遙說著，意味深長地看了李秩一眼，「贊助多的金主粉絲，我都記得。」

「……這個羊肉也很好吃，快來吃吧！」

李秩覺得這火鍋裡被涮的羊肉片都沒有他的耳尖那麼燙，他唰地站了起來，幫眾人分好的肉片，躲過徐遙的視線。

「不好意思剛剛漏了一份，馬上幫你們補上。」

服務生端著托盤迅速地走了過來，站著的李秩一看見，馬上伸手抬著托盤阻止：「啊，我們夠了，這盤不用了。」

「副隊長，這家豬腦很有名！是我特意點的！」王俊麟卻喊著把菜品端到桌上，剛好放在徐遙面前。

李秩臉色一沉，馬上把那盤豬腦端到徐遙看不見的地方，還拿了兩片裝飾的生菜蓋住。這個舉動讓眾人有些詫異，魏曉萌想起徐遙久居國外，外國人都不吃動物內臟的：「徐老師，你不吃內臟嗎？對不起，我們馬上撤掉。」

「沒關係，你們吃吧，我出去透透氣。」

徐遙咬緊牙關，起身走到門外，靠著一棵行道樹喘氣。

記憶是理性的，他可以把自己抽離，當一個旁觀的局外人；但回憶是有感情的，顏色、氣味、觸感和聲音，這盤豬腦觸發了他關於父親案件的所有情感開關，黏稠的血液、甜腥的空氣、被血浸透的襯衫、同學把他從混沌中喚醒的恐怖尖叫，一切感官如同龍捲風般撕扯著他的胃部，讓他扶著欄杆乾嘔了起來。

「徐遙！」李秩追了出來，扶著他的肩膀，幫他拍背，「你還好嗎？」

「我沒事……」背上一下下的安撫讓徐遙舒服了一點，他重重地吐了兩口氣，站直了身體，李秩迅速縮手，卻是被徐遙一把抓住，「李秩……」

「啊？」李秩身體僵硬了一下，眨著眼睛問道：「怎麼了？」

「……沒事了。」徐遙也不知道自己到底在幹嘛，他鬆開手，抬起頭來深呼吸一下，「回去吃飯吧。」

「你真的沒事嗎？」李秩皺眉，「不然我送你回家休息吧？」

徐遙瞪他一眼：「把我約出來的是你，把我趕回去的又是你，李警官，你到底想要我怎麼樣？」

一聽到這刻薄話李秩就笑了，這才放下心來：「我怎麼敢對你怎樣，萬一你把主角虐死了那我多可憐啊。」

「你有什麼好可憐的……」

徐遙失笑，他平復一下呼吸，便和李秩一起往回走，可是沒走幾步就聽見有人喊道：「李秩！等等我！」

他隨李秩一起轉身，只見一個三十出頭、綁著俐落馬尾的女人朝他們走了過來。

「這間火鍋店這麼難找，張藍給的定位根本不準！」

「雪雅姐妳終於來了！」李秩笑著迎了上去，順手把她提著的箱子接了過來，這裡面一定是他心心念念的奶茶，「隊長他都吃第二輪了！妳快管管他！」

「管什麼管，他吃完就要繞著悅城跑好幾圈，生怕自己體型走樣。」楊雪雅跟李秩開著玩笑，目光落到了徐遙身上，本來她以為是張藍的同事，但認真看清徐遙的臉之後，意外與茫然便成為她唯一的心情，「你是……徐遙？」

「……楊雪雅？」

研究網路社交的學者說：每兩人之間只相隔了六個人。

徐遙一直都認為這跟緣分定律一樣，只不過是你過多注意某些人，才會特別留意他們之間有什麼關係。但是在看見楊雪雅的時候，他卻感到十分驚訝——其驚訝程度不亞於張藍、李秩以及在場的所有人。

「徐老師是隊長老婆的國中同學？」魏曉萌瞪著亮晶晶的眼睛，好像感覺到有什麼八卦，「這麼巧？隊長你一直都不知道？」

「不得向無關人員透漏案情，自己的老婆也不能說啊。」張藍看看楊雪雅又看看徐遙，討好地向老婆展開一個笑容，「妳看起來比他年輕多了，我都沒想到你們是同學。」

「啊，眼睛要瞎了……」

眾人一副要瞎了的表情互相敬酒，徐遙也笑了笑，卻沒有參與這個老同學的話題，只是低著頭默默吃飯。

其實楊雪雅跟他不算是很熟悉的同學，儘管在徐遙印象中，在他父親的案件發生後，楊雪雅是僅有幾個沒有對他退避三舍、依舊待他如舊的同學之一，但這麼一點君子情誼也不算什麼懷舊氣氛，他更多的是感到尷尬。

「徐遙，你該不會還以為那情書是我寫的吧？」楊雪雅卻是一眼看穿了徐遙的尷尬，她挑著眉毛開玩笑道，「真的不是我寫的，是我替何玉瑩——就是我們國文小老師——給你的。如果你當時拆開就會看到簽名了，真的不是我！」

「欸？徐老師以前很受歡迎嗎？」魏曉萌終於等到八卦，「情書多到連拆都懶得拆啊？」

「那可不是，全校三分之一仰慕他，四分之一喜歡他，五分之一跟他表過白，但全部都被拒絕了！」

楊雪雅故意用誇張的語調戲弄徐遙，徐遙差點被汽水嗆到：「哪有那麼誇張？」

「哦，那就是真的有很多女生，只是沒有那麼誇張囉？」楊雪雅眨眨眼睛，張藍朝她比了個大拇指，夫妻倆同時笑嘻嘻地盯著徐遙，讓他十分困窘。

徐遙苦笑，他以前怎麼沒覺得楊雪雅這麼會套話呢？難道真的是嫁雞隨雞嗎？

「這很奇怪嗎？徐老師又帥氣又聰明，女生都喜歡這樣的男生。」李秩有點不想繼續這個話題，他一句結案報告般的總結，把話題岔開了，「姐，妳還想吃什麼，我幫妳點。」

「好啊，但在點菜之前，你們先幫我試毒吧。這些都是我店裡的新品，你們喝喝看，看哪一種比較好喝？」

李秩轉移話題實在太明顯牽強了，楊雪雅心思清明，張藍使了個眼色她就明白了，馬上把箱子打開分飲料。眾人一陣歡呼，把剛才的話題給拋到腦後。

「謝謝妳。」

大家忙著幫新品奶茶評分，楊雪雅走到醬料區，徐遙跟了過去，小聲向她道謝，「我知道妳是想讓我融入交談才這麼說的。」

「那我該謝謝你沒有在我老公面前拆穿我囉？」楊雪雅抬起頭朝他拋了個媚眼。其實，當年的情書就是她寫的，「我一直覺得如果你不是同性戀的話，一定會喜歡我的，對不對？」

徐遙噗哧一下笑了：「妳記得我們國中歷史老師的口頭禪嗎？」

「——歷史不容假設。」

兩人異口同聲說出答案，忍不住相視而笑。

這一幕看在李秩眼裡，他垂下眼睛，默默地戳著杯子裡的珍珠。張藍見狀，低聲嘲笑他：「怎麼了？我都沒吃醋，你反而嫉妒起來了？」

「神經病，我有什麼好嫉妒的……」

李秩的確不是嫉妒，他只是死心了——他現在可以確定，徐遙根本不是同性戀。儘管他比較冷漠，但總體來說，對女孩子還是比較和善，比如他一直耐心教導的魏曉萌，比如剛認識就在他身上聞來問去他也不介意的路貝兒，比如久別重逢的老同學楊雪雅。

而對他，只是使喚習慣的、好用的小員警，再加上一點因為辦案時腎上腺素飆升而建立起來的虛偽患難情感罷了。

徐遙沒想到，他跟老同學聊天的時間裡，李秩的內心已經上演了三集連續劇悲情男配的戲分，他以為李秩只是因為他以前受歡迎的事情吃醋，還覺得他這樣挺可愛的。直到要離開的時候，李秩居然沒有提出要送他回家，他才猛然發現他的情緒似乎不太對勁。

「李秩。」徐遙喊住他，卻在他回過身來的時候啞口無言。

李秩停住腳步：「怎麼了？」

「……手帕記得還我。」

「我、我還是洗乾淨再還給你吧？」

「沒事，送你吧。」徐遙實在不擅長找話題，他尷尬地說了兩句，就連忙攔了一輛計程車離開。

看著徐遙離開的背影，李秩忍不住攥緊放在口袋裡的那方手帕，他本來就是故意不送徐遙，想看看他會不會讓他順道送他回家。但他們明明就住在同一個社區附近，徐遙卻連搭便車都不會向他提出。

雖然徐遙說他們是朋友，但這大概就是普通得不能再普通的那種朋友吧……

「李秩，你怎麼了？」等張藍去開車的楊雪雅拍了拍在路邊發呆的李秩，「怎麼了，你不送徐遙回家嗎？」

「徐老師不用我送……」李秩胡思亂想著，連稱呼都變回了敬稱。

「徐老師？」楊雪雅一愣，她抬頭看著李秩眼睛，儘管他的目光仍落在徐遙消失的方向，她還是敏感地抓到了一絲情緒，「怎麼了，你不開心？」

「啊？沒有啊，跟大家聚餐很開心啊。」要不是這頓聚餐，他可能連徐遙都見不到。想到這裡，李秩就更難過了，他垂下頭去，不自覺地抽了抽鼻子。

「李秩，我跟你說一個祕密，你不要告訴別人喔。」楊雪雅看李秩泛紅的眼角就猜到了一大半，「你知道當年徐遙拒絕那封情書的理由嗎？」

「一定是別人配不上他吧……」他是那麼好的人。

「他說他也沒辦法。」楊雪雅往前探著頭，看著李秩垂下的眼睛，「他說他喜歡男生。」

「嗯?!」李秩突然瞪大了眼睛，腦袋完全無法運轉，好一會都說不出話來。

「記住了喔，別告訴其他人，也別說是我告訴你的。」

張藍的車子到了，楊雪雅拍拍李秩的肩膀，就腳步輕快地坐上車離開。

徐遙喜歡男人。

徐遙喜歡男人？

徐遙喜歡男人！

一陣熱血衝上李秩的頭頂，他轉身就往停車場跑去。

他想見徐遙，他想馬上見到他，想立刻跟他表明自己的心意！

「救命……」

突然，一聲微弱的呼救讓李秩疾跑的腳步停了下來，晚上十點的停車場相當空曠，慘白的燈光照著一片同樣慘白的水泥地面，他四處張望，找尋求救聲的來源，「你在哪裡？我是警察，你怎麼了？」

「救命……救我……」

對方聽到了李秩的回應，呼救聲稍微大了一些，李秩聽出是個女人的呼叫，他循聲找去，卻見一灘血水從一輛轎車後流淌而出。

他屏著呼吸警惕地繞到車後，只見一個孕婦癱坐在地上，腿間一片血紅，面無血色。

「妳別怕！我馬上送妳去醫院！」

李秩馬上脫下外套蓋在她身上，不顧血汙，把她抱到自己的車上，往最近的醫院趕去。

孕婦在急診室裡搶救，李秩從她的包包裡找到了身分證。孕婦名叫梁晨，李秩打回警局查到她的身分資訊，聯繫她的老公宋錦文，如此這般處理下來，當李秩能喘口氣的時候，已經快凌晨一點鐘了。

這個時間徐遙肯定在埋頭趕稿。

李秩其實有些慶幸自己被耽誤了一下，不然就這樣衝過去熱血告白的話，也許結局會很糟糕。

明明徐遙也是同性戀，可是他卻對自己毫無表示，甚至連表明取向的暗示都沒有，這是不是說明了徐遙對他沒有任何意思，寧願他一直誤會，以免讓他想入非非呢？

如果他現在向徐遙表白，豈不是只能被拒絕，而且連朋友都無法繼續當下去了？

李秩拍拍胸口想：好險好險，還是暫時按兵不動比較好。

李秩整理好情緒，便回去處理家屬問題，他陪著宋錦文直到梁晨手術結束，醫生拿下口罩，抱歉的神情已經說明了一切：「媽媽沒有性命危險，不過胎兒保不住了……請節哀順變。」

聽到消息的宋錦文如同猶如晴天霹靂，蹲在地上大哭不止。李秩本想安慰他，卻被醫生拉到了一邊。

「李警官，我有一些疑問要報告。」

李秩詫異，為什麼不是向孕婦的老公說明，反而跟他報告呢？

「醫生妳請說。」

「傷患不是因為跌倒之類的外力流產的。」醫生壓低聲音，「是藥物導致的，我懷疑有人讓傷患吃了墮胎藥，比如美服培酮，如果是她自己決定終止妊娠，那她不可能在停車場做這種事。」

李秩皺眉，明白醫生拉他到一邊低聲商量的原因：胎兒不算人命，不能以謀殺來提起公訴，但如果是有人故意讓梁晨吃下墮胎藥，造成嚴重傷害，那就可以按照故意傷害處理了──但員警們都知道，但凡是女性受害者，老公的嫌疑往往是最大的。

李秩問道：「能化驗臍帶血嗎？」

「沒有傷患同意，不能隨意送檢傷患的生物材料，當然，如果這是一起刑事案件，警察機關是可以強制化驗的。」

醫生的話讓李秩陷入了一個邏輯悖論──要化驗證據，需要確定立案；要確定立案，需要化驗證據。

李秩摸著下巴想了想：「我明白妳的意思了。醫生，謝謝妳，我再想想別的辦法。」

醫生向李秩投去一個懷疑的眼神：「別的辦法？」

「總不能就這樣算了吧？」李秩說破了醫生的顧慮，「我也一樣痛恨傷害自己孩子的父親。」

「那我先去工作了。」醫生看到這位年輕警官眼中的明火，心想應該不會又多一個被枕邊人謀害的可憐女人，便回去工作了。

宋錦文仍蹲在角落裡擦眼淚，李秩走過去，扶他坐下：「宋先生，你要振作，你太太還需要你的照顧。」

聽了李秩的話，宋錦文抬起頭，努力止住眼淚：「對，我不能這樣……我要去看晨晨……」

「我陪你一起去吧。」李秩道，「我當時急著把人送到醫院，也沒時間問清楚到底發生什麼事，如果是有人蓄意傷害宋太太，我正好可以當證人。」

宋錦文愣了一下，似乎沒能理解李秩的話。

李秩向宋錦文出示了警員證：「不好意思，忘了自我介紹，我叫李秩，永安區警察局的警察。」

「原來是李警官。」宋錦文擦乾眼淚，「如果真的是有人傷害晨晨，請你一定要抓住他！」

「我一定會盡力。」

李秩跟著宋錦文走進病房，梁晨剛剛醒來，臉色蒼白，一直垂著頭喃喃自語：「不可能的……我孩子不可能沒有了……我的孩子……」

「晨晨。」宋錦文走過去，勉強露出一個安慰的笑容：「醫生說妳的身體沒有什麼問題，好好休息就可以……」

「沒問題？怎麼會沒有問題！」梁晨情緒忽然激動起來，「我們的孩子……我們的孩子沒有了！」

宋錦文緊緊擁抱著她：「沒關係，我們還可以再有孩子，沒關係……」

「怎麼會沒關係！我們很難才有了他！」

梁晨悲哭著，手腳不受控制地揮舞，靜脈注射管裡立刻倒流了一截血液，李秩見狀立刻去叫醫生。醫護人員趕來，幫她打了一針鎮靜劑，她才緩緩安靜下來，筋疲力竭地睡了過去。

「對不起，李警官，晨晨現在沒有辦法回答你的問題。」待梁晨睡著後，宋錦文才向李秩道歉，「我沒想到她……」

「沒關係，以她現在的情況，大概也不能簽名化驗。」

宋錦文不解：「簽名化驗？化驗什麼？」

「宋先生，剛剛醫生告訴我，宋太太不是因為推撞等外力流產的，而是藥物。」李秩道，「他們懷疑有人對宋太太下藥。」

「誰？是誰害了我孩子？」宋錦文一把抓住李秩，悲傷的心情似乎終於找到了發洩的出口，他幾乎是吼著問道：「是誰這麼惡毒?!」

「暫時還不能確定是不是真的有人下藥，需要做藥物化驗才能確定。」李秩讓宋錦文坐下，向他解釋，「宋先生，我先向你道歉，其實我是懷疑過你的。剛剛我告訴你我是警察，如果你心裡有鬼，大概會以老婆需要休息為藉口阻止我見她，方便你先試探老婆知道多少以及怎麼處理證據，但你沒有這樣做。所以我現在才告訴你可能是有人對你老婆下毒了。請問你願意簽名，讓我們化驗你老婆的血液跟相關生物材料嗎？」

「我當然願意！」宋錦文咬牙切齒，「我一定不會放過那個人！」

「嗯，那我讓醫院安排。」李秩提醒道，「但最好暫時不要告訴你老婆。」

「我明白的，我會等確定了再跟她說。」宋錦文沉痛地嘆了口氣，「她現在不能受到刺激。」

李秩一直留意著宋錦文的神情，他積極配合，憤怒甚於哀傷，符合一個急於找尋殺害孩子真凶的父親的心理。這種情況只能導向兩個結果：要不他是無辜的，要不他就是一個計畫縝密、演技過人的罪犯，不然他的反應不可能這麼自然。

李秩找到剛才那位醫生說明情況，醫生馬上進行安排，宋錦文簽了一些化驗同意書，回頭向李秩道：「李警官，謝謝你，雖然寶寶沒保住，但如果不是你，可能連我老婆也……」

「正常人都不會無視一個可能受了傷害的女人的，何況我是警察。」李秩拍拍他的肩膀安慰道，「我先回去了，這是我的手機號碼，如果有什麼需要，或者宋太太想起什麼的話，任何時候都可以打給我。」

「謝謝你，謝謝……」

宋錦文再三道謝，李秩寬慰他幾句便離開了。他身上滿是血跡，即使在醫院，也讓那些夜間就醫的人們不斷側目。他自知嚇人，只能低頭快步跑回車裡，趁著夜色回家，換洗一身血衣。

熱水噴灑而下，淌下一地的鮮紅，李秩擦洗著身上的血跡，腳下的一片水紅讓他一陣恍惚。

他想起來了，那次他為了救徐遙撞車入院時做的夢，儘管很零碎，但最後那一河血色，還有河水裡漂來了母親的屍體，畫面十分真切，好像他真的見過這樣的景象一般。

也許他真的見過呢？

李秩想起他的母親郭曉敏。她很喜歡游泳，放假的時候經常帶李秩去游泳，那時候他還小，玩了一會累了就要趴在母親身上撒嬌。母親的一頭長髮綁成馬尾，捲起來塞到泳帽裡，他偏偏喜歡拉開泳帽，拿著母親的頭髮玩耍。濕漉漉的髮尾在他指掌間纏繞，對他來說就是安心的感覺。

可是他最後一次見到母親濕掉的頭髮，卻是在一灘血水裡。

他記得自己看見母親倒在血泊裡，但前因後果他卻想不起來了——他是什麼時候到達母親的辦公室的？他有沒有看見什麼、聽見什麼？他的腦袋好像當機的錄影畫面，停頓在母親倒臥在地上的那一幀，再次播放時，他已經躺在家裡的床上了，他甚至連自己是怎麼回家的都不知道。

李秩一直很想記起什麼，但大腦的自我保護機制封鎖了這些記憶，不管他怎麼努力，都無法回憶起來。

可是為什麼最近這些零散的碎片逐漸浮現出來了呢？是因為他的大腦遭受傷害，或是因為他的精神受到衝擊，還是因為他的感情出現了變化？

想到感情，李秩又想起了徐遙，然後就想到了楊雪雅說的——他也喜歡男人。

唉，可是這又如何，難道這樣他就有希望了嗎？

李秩嘆了口氣，各種情緒雜亂無章，他現在沒辦法整理，只能採取最沒骨氣的做法——逃避。

他強迫自己從理不出所以然的思緒裡抽離，整個人埋進被子，催促自己入睡。

徐遙並不知道李秩在處理那麼複雜的客觀和主觀問題，他仍然在為李秩忽然的冷落而不解，這份不解甚至影響了他的作息。他喝了兩口咖啡，卻仍然睏倦無比，本來只想小憩一會，但躺到床上就閉上眼睛，直到手機響起，他才猛地驚醒——居然已經早上八點了！

「徐老師！」電話是他的責編黃嘉麗打來的，她那邊的聲音嘈雜，還有孩童啼哭的聲音，她兩手抱著哭鬧的孩子，只能透過戴在一邊的藍牙耳機和徐遙說話，「我們家小孩發燒了，現在在婦幼醫院，我們改時間再約可以嗎？」

徐遙記得他本來約了黃嘉麗十點談公事：「我沒問題，妳自己一個人可以嗎？妳老公呢？」

「他出差了……唉，不說了，要到我們了……誰……啊！」

忽然，黃嘉麗以及她那邊的空間傳來了一陣驚慌的尖叫，徐遙猛地坐了起來：「小黃妳怎麼了？」

「有、有一個滿身是血的女人走過來了！」

站在門口打電話的黃嘉麗此時緊緊抱住自己的孩子——任何一個媽媽被一個渾身鮮血的女人半跪著拉扯衣角時都會做出這個動作——她強忍著驚惶，分出一隻手試圖攙扶她，那個女人一把抓住她伸過來的手，仰起滿是汗水和淚水的臉，發出一聲沙啞的聲音：「救命……」

「醫生！醫生！」

黃嘉麗朝醫院裡大喊起來，護士在尖叫聲中發現了緊急情況，已經推著病床過來了。他們把那個受傷的女人抬上病床，那女人仍然拉著黃嘉麗的衣角，把她拖了好一段路，才終於鬆開手。

「請問妳是傷患的家人或朋友嗎？」急診醫生快速地詢問黃嘉麗，「病人的病史和過敏史？」

「我不認識她，只是在門口扶了她一下……」黃嘉麗終於看清楚那個女人，平躺在床上的她腹部微微隆起，「她懷孕了？」

「請妳先回避一下。」

沒有相關資訊，醫生一秒也不浪費就把簾子拉上開始急救。黃嘉麗被護士扶到一邊坐下，護士一邊幫她擦去血跡，一邊問她有沒有事，她愣了好一會才反應過來：「我、我的小孩發燒了，我帶她來看醫生……我不知道……她渾身都是血……」

「小姐，我是問妳有沒有事？」

「她會不會死，她的孩子會不會……」

「小黃！」在手機那端一直沉默著聆聽事態的徐遙開口了，「妳在那裡等著別動，先帶孩子看病，我過來接妳。」

「徐老師……」

「我過來接妳。」徐遙語氣堅定，帶著不容抗拒又讓人心安的力量，「沒事的。」

「謝謝你，徐老師。」

黃嘉麗這才回過神來，然後她就看見了一道從門外一直延伸到急診室的血痕，宛如母親心上裂開的傷口。

「副隊長，婦幼醫院的高主任找你。」

永安區警察局裡，忽然打來一通奇怪的電話，只有李秩知道是關於什麼事情的，他連忙接起電話：「高醫生妳好，化驗結果出來了嗎？」

「李警官，化驗結果出來了，梁晨的確服用了美服培酮之類的藥物……」

「好的，我現在可以立案……」

「李警官，你現在可以馬上過來嗎？」高醫生卻道，「剛剛又有一個孕婦流產，她是自己一個人來醫院的，我跟她說需要化驗她就簽字了，兩者的情況非常相似。」

「我馬上過來！」

李秩心感不妙，他向張藍報告情況，便和魏曉萌一起趕到婦幼醫院。

徐遙趕到婦幼醫院，便看見黃嘉麗坐在大廳角落裡，女兒看過醫生打了退燒針，在在嬰兒車裡睡著了。

「小黃。」徐遙走到她身邊，「我來了。」

「徐老師……」

黃嘉麗轉過身來，徐遙安慰地抱住她，輕輕拍著她的背：「沒事了，妳很堅強。」

「我還沒明白發生了什麼事情……」黃嘉麗靠在徐遙肩上好一會，才起抬起頭，「她會不會死啊？」

「無論結果怎樣，妳都沒有責任。」徐遙說道，「醫院和警察會幫助她的，妳已經盡了自己的義務，不要太放在心上。」

「我知道，但是她、她是個孕婦，我沒辦法不擔心她……」同為母親，黃嘉麗知道那樣大量的出血意味著什麼，「我可不可以去看一下她？」

「妳想去的話就去吧。」其實徐遙不太贊同，但如果不讓她去，她只會一直惦記著這件事，「我幫妳看著女兒。」

「謝謝你，徐老師。」

儘管徐遙不是一個喜歡表達的人，但這五年的相識讓黃嘉麗知道他的關心和溫柔都是直接反映在行動上的，她也不再說什麼道謝的話，向他感激地笑了笑，便去看望那個受傷的女人。

黃嘉麗來到病房，卻發現房間裡除了醫護，還有一男一女，他們聽見開門聲，一起回過頭來，她從他們轉身的縫隙裡看見了躺在床上依舊虛弱、但已經清醒過來的那個女人。

「請問妳是顧芳菲的家屬嗎？」那個女人向黃嘉麗問道。

黃嘉麗搖頭：「不，我只是剛好在門外扶了她一下……妳還好嗎？」

黃嘉麗走近，發現那個叫顧芳菲的女人臉色蒼白，滿臉淚痕，本來隆起的小腹平坦了下去，心中頓時明瞭。她撥開人群，走過去握住她的手：「妳要好好照顧自己。」

也許是身體記得這隻曾經在危難時緊握住的手，顧芳菲的五官瞬間抽搐起來，她抓住黃嘉麗的手，眼淚一串一串地掉下來，泣不成聲：「孩子沒有了，他還那麼小……就沒有了，我對不起我老公，我對不起他……」

「妳已經很堅強了，沒事的。」

黃嘉麗抱住她安慰了一會，李秩讓魏曉萌留下，等她們平復情緒再繼續詢問，自己則到門外和高醫生說話：「高醫生，美服培酮這種藥物可以透過什麼管道買到？」

「美服培酮片是嚴格管制的藥物，一般用於藥物流產，普通藥店是買不到的。」高醫生說道，「而且美服培酮片要吃兩到三天才能生效，如果她們真的是被下藥的話，那凶手一定跟她們很親近，不然怎麼可能連續下藥呢？」

「所以妳一開始就懷疑梁晨的老公。」李秩頓時明白了，「我調查過宋錦文，他從三個月前就一直在瀏覽嬰幼兒用品的網站，購買了很多嬰兒用品，一個星期前還買了昂貴的進口孕婦保健食品，他在社群網站上也表現得十分喜歡孩子，並且渴望能有自己的小孩，所以我們暫時排除了他的嫌疑。」

「我當然也希望不是他，只是我見過太多這樣的女人……」高醫生嘆口氣，她朝病房裡揚了揚下巴，「你看，挺著大肚子還自己一個人來醫院做檢查，一個陪伴的人都沒有……」

「顧芳菲的老公在一個月前突發心臟病發去世了。」李秩搖搖頭，「目前兩人的老公都沒有犯罪嫌疑，高醫生，麻煩妳給我一份病理報告，我需要回去整理檔案立案。」

「立案？」

一個熟悉的聲音從轉角處傳來，李秩猛回頭，便看見了徐遙。他正抱著一個哭鬧不停、一歲左右的女孩詫異地看著他。

「徐遙？這個孩子……」

「你等我一下。」徐遙一邊拍著女孩的背脊安撫她，一邊推開病房的門，「小黃，不好意思，但是妳女兒……」

「啊，我來我來，徐老師麻煩你了！」

黃嘉麗趕忙抱過女兒，本來哭泣不止的顧芳菲在看見小女孩時便止住了哭聲，她呆呆地看著黃嘉麗幫女兒換尿布，眼中滿是愛意和憐惜。

徐遙站到了黃嘉麗身邊，稍微擋住了顧芳菲的視線，他向黃嘉麗說道：「我想妳還是先帶孩子回去吧，這邊有李警官和魏警官處理，妳不用擔心。」

「警官?」黃嘉麗一愣，她回頭看了看儼然大學剛畢業的魏曉萌，「你們是警察?」

「嗯，我們是警察。」魏曉萌有點不好意思，「剛剛妳們那麼傷心，我就不好意思表明身分。」

「警察?這是刑事案件嗎?」黃嘉麗倒吸一口涼氣，她不敢想像居然有人會傷害一個孕婦，「我能幫上什麼忙嗎?」

徐遙真是對黃嘉麗這熱心的性格既憐又恨，他按住她的肩膀說道:「妳先把孩子照顧好，有什麼需要我們再找妳。」

黃嘉麗不解:「你們?」

「對，我不是跟妳說過嗎?」徐遙說到這裡，抬起頭來看了李秩一眼，李秩心頭一動，像是有一根針從胃裡穿出來一般，又熱又燙，「李警官請我當顧問。」

「嗯。」李秩明知道徐遙只是為了讓黃嘉麗——這個好像跟他關係很好的女人——心安才這樣說，但卻不知怎地產生了一種好像被調戲一樣的羞怯，他乾咳兩聲，默默地轉過頭。

黃嘉麗帶著孩子回家了，顧芳菲的情緒也穩定下來，魏曉萌在幫她做筆錄，徐遙才有機會拉著李秩到一邊去詢問事情的來龍去脈。李秩只能一五一十地從昨晚救了梁晨開始說起，徐遙皺著眉頭聽他說完，又做出一貫思考時觸碰嘴唇的小動作。

「選擇投毒來達到目的，一是有某種執念的信徒，比如恐怖分子或宗教狂熱分子；二是勒索，想透過販賣解藥來獲取金錢，有一種表現形式是先在水井河流等公共飲水區下毒再販賣解藥，多數發生在醫療資源不足的貧困地區；三是惡作劇，多數都是沒考慮到結果、衝動的年輕人。」徐遙說道，「最後一種就是報復，基本上都是有很深的感情糾葛，才會選擇這種讓對方痛苦的方式來報復，而不是單純剝奪性命。」

李秩點頭：「根據紀錄，投毒案件裡的確是情殺和仇殺居多，如果是為了金錢，說實話下毒太迂回了，還不如直接買凶殺人。而且投毒案只要一查獲毒藥來源和受害者的人際關係，基本就被偵破了。」

徐遙眨了眨眼，李秩的語氣讓他一陣莫名的不高興：「所以你覺得只要搞清楚美服培酮片的來源，調查兩名女性傷患的社會關係就可以破案了，根本不需要我操心？」

徐遙突然的不滿讓李秩摸不著頭緒，他往後退了半步：「我只是覺得這個思路應該沒錯……」

「李警官。」徐遙皺眉，「你對我有什麼不滿嗎？」

李秩哭笑不得，我怎麼敢對你不滿？

「沒有，你多心了。」

徐遙不說話，他拉開了一段距離，半瞇著眼睛打量著李秩，這明顯不信任的姿勢讓李秩更加無所適從，他只能站軍姿似地僵立著。

徐遙那閃爍不定的眸色緩緩地把他從頭打量到腳，嘴角浮上一抹李秩很久沒見過的、夾雜著生氣和厭煩的冷笑：「好，是我多管閒事了。」

「我不是這個意思……徐遙！」李秩也搞不懂徐遙為什麼生氣，他見徐遙轉身要走，一時情急便抓住了他的手臂，「你怎麼了？」

徐遙被他拉得一個踉蹌，差點撞到他身上，他緊緊地咬著牙關，下顎繃緊，想要掙脫開李秩的手。但李秩卻也被他的無名火搞得有點倔強，就是不鬆手，兩人瞪著眼睛抿著唇，迎著彼此的目光，好似在較勁，看誰先回避誰就輸了。

「……放手。」徐遙從牙縫裡擠出一句毫無溫度的話，這句話撕扯著李秩的胸口，他深深地吸了一口氣，緩緩呼出，同時放開了手——徐遙知道這是他接受過的訓練，用來壓抑情緒控制自己。

你有什麼情緒需要壓抑？你有什麼行為需要控制？

深陷懷疑自己是殺人犯的惡夢裡二十年的人又不是你。

徐遙推開李秩，快步跑開了，他一直跑到醫院門外，隨便搭上一輛公車。公車駛離醫院，他才在最後面的位子坐下，用力揉了揉臉頰。

一直以來都是李秩在真心誠意地對他好，他不需要考慮該做些什麼回報他，只要被動地接受他的好意，李秩就已經像一個得到偶像簽名的小粉絲一樣地開心。這是徐遙一開始沒有抗拒李秩的原因，這段關係裡他不需要付出努力，只需要坐享其成。

他樂於接受一份純粹的友誼，可是他卻知道李秩所希冀的並不只是友誼，而他卻不可以像拒絕楊雪雅一樣拒絕他，但也無法回應他。

他不知道自己到底是兵是賊，是偵探還是凶手，他還需要更多時間，才能弄清楚自己的過去，才能知道將來要往哪裡走。

他自欺欺人地認為，只要他願意，李秩就會一直和他維持目前的關係，他可以繼續把李秩放在安全區的邊緣，心安理得享受這種不求回報的好意，卻沒想到李秩忽然往後退了一步，沒等他找到真相，就想退出他的安全區。

他不知所措，想伸手把他拉回來，但他也知道，即使把他拉回來，他也給不出李秩想要的東西。

那就乾脆讓他繼續遠離吧。

徐遙揉了揉眼睛，身體往後一仰，靠在了椅背上。

不過就是回歸原狀而已，沒什麼大不了。

「副隊長。」魏曉萌做好筆錄，走出病房便看見李秩抱著手臂靠著牆，一副氣鼓鼓的模樣。她走過去奇怪地問道：「徐老師呢？」

「徐老師很忙，不要總是打擾他。」李秩剛一開口就發現自己更加生氣了。他只是抱著不要麻煩他的想法體貼他，結果卻被徐遙說成嫌棄他多管閒事，難道他對徐遙還不夠好嗎？他怎麼會這樣認為呢？「筆錄錄好了嗎？回去整理一下，正式立案偵查了。」

「嗯，筆錄錄好了，化驗結果也出來了，多虧高醫生緊急加班處理。」魏曉萌嘆了一口氣，「從顧芳菲的陳述看來，她的社會關係比較簡單，高職畢業以後就嫁人了，交際圈多數也都是親戚，不過她的老公顧楚輝是商人，欠下了一些債務，前不久死於心臟病，公司也隨之破產。可能會因此而結下一些仇怨，但都是錢財相關，毒害顧芳菲也拿不到錢，應該沒理由這樣做。」

「對啊，投毒多數都是私人恩怨，連妳都知道，他幹嘛發脾氣呢？」李秩聽著聽著就偏離重點了，「接下來我們要去查老公或妻子有沒有第三者，或單方面的愛慕者，這也可能構成動機。另外還要追查藥物來源，曉萌妳還有要補充的嗎？」

魏曉萌瘋狂搖頭：「沒有了，副隊長說得比學校的筆記還清楚，不用我補充了。」

「我就知道我沒說錯。」李秩依舊氣鼓鼓地低聲呢喃，「怎麼就變成我的錯了呢……」

「副隊長，你和徐老師吵架了嗎？」魏曉萌眨眨眼，總算明白過來，「徐老師不是挺喜歡你嗎？怎麼吵架了呢？」

李秩嚇得一個踉蹌：「妳說什麼？」

「你不是他的書迷嗎？那你不可能去找偶像的碴，就只能是徐老師找你的碴了。」魏曉萌歪著頭，頭頭是道地推理起來，「如果真的是嫌我們太笨，不會辦案，經常麻煩他，那他剛剛就不該主動跟黃嘉麗說自己是我們的顧問，所以一定不是副隊長你說的那樣，徐老師一定不是覺得我們麻煩。」

「好像也說得通……」李秩皺眉道，「那我跟他說了辦案的思路，他怎麼反而生氣了呢？我也沒有說錯啊。」

「那我就不知道了。可是，如果我們都有辦案的思路了，那就不需要他提供什麼意見了吧？」魏曉萌眨眨眼睛，「會不會是徐老師覺得你學成之後就拋棄他，枉費他對你的關心？」

李秩哭笑不得，先不說他到底有沒有學到什麼厲害的推理能力，單說誰枉費誰的關心，他都覺得自己被冤枉了：「妳怎麼知道他對我關心了？」

魏曉萌捂著嘴，一副洩漏祕密的模樣：「啊！」

「妳有什麼祕密瞞著我？」李秩感覺不對勁，「快說，不然看我怎麼收拾妳。」

「沒有沒有，不是什麼重要的事情，副隊長你別誤會！」魏曉萌馬上搖頭，

「就是梁肖文的案件，後來你不是到市立警察局去參加調查工作了嗎？有一天晚上，徐老師忽然打電話過來請我幫忙調查一些事情，後來就懷疑到孫皓身上，我說這應該要跟上面彙報，但徐老師卻說這只是猜測，沒有任何實際的證據，如果最後證明是錯的，這件案子又牽連甚廣，他不是相關人員，是你讓他參與調查的，這會讓你的聲譽受損，搞不好還會受罰，甚至被追究把案件洩漏給無關人員造成調查方向錯誤、延誤破案進度的罪名。所以他才會自己一個人跑去找孫皓對質，想套出一些有用的證據。他一直開著手機錄音，但到一半就中斷了，他應該就是那個時候被綁架的。」

李秩一愣：「可是他沒有說過……也沒有提交什麼手機錄音作為證據……」

「孫皓自己都承認了，那錄音就可有可無了。」魏曉萌道，「我覺得徐老師是關心你的，只是他不想讓你知道。可是只看他的態度也能看出他改變了很多啊，從一開始那冷冰冰的、不想參與過多的、旁觀的顧問專家，變成不惜以身犯險套取證據的伙伴，而且他居然願意跟我們一起吃火鍋，我還以為他是那種只吃西餐的人呢！」

「他最喜歡吃番茄炒蛋，才不是西餐。」李秩說著，嘴角不自覺地彎了起來，忍不住問道：「那他還說過我什麼？」

魏曉萌搖搖頭，朝李秩投來參謀似的目光：「沒有了，其他時間徐老師不是都跟你一起嗎？副隊長，說不定徐老師是遇到別的煩惱，不是真的在生氣呢，你要不要哄一哄他？」

「我幹嘛哄他？」李秩被魏曉萌那篤定的眼神看得渾身不自在，難道他就那麼司馬昭之心路人皆知？他一直覺得自己靠著一層書迷的外殼掩飾得很好，可是如果連魏曉萌都出來了，那徐遙怎麼會看不出來。

如果他看出來了，又怎麼會這樣不回應不抗拒，卻又不樂意被疏遠？

對，疏遠。要說李秩對他的態度有什麼變化而導致他不快，那就只有一點——他故意疏遠徐遙，故意跟他拉開距離。

徐遙因為他的疏遠而生氣嗎？

李秩不敢繼續往下想，他覺得自己還是有一點粉絲心理，總是把偶像的一些行為和自己扯上關係，從而陷入自欺欺人的愛戀之中。也許徐遙就像魏曉萌說的那樣，只是遇到了心煩的事情，在對他發脾氣而已。

可是，如果自己能成為一個讓他感到親近安心，甚至是可以用來發脾氣的人，那好像也挺不錯的。

「副隊長？你怎麼了？」魏曉萌看著李秩陰晴不定的表情，擔憂地在他面前揮了揮手，「你沒事吧？」

「沒事，私人感情先放一邊，快回去進行調查工作吧。」

李秩也沒發現自己把徐遙納入了私人感情的範疇，魏曉萌若有所思地「哦」了一聲，便快速跟上李秩的步伐，趕回警局工作。

徐遙坐了幾圈環城公車，終於冷靜下來，打算回家了。但在回家之前，他還是去了黃嘉麗家裡一趟，確定她已經平復心情，不會再有什麼心理負擔了才起身告辭。

「徐老師，我能問你一個問題嗎？」黃嘉麗送徐遙離開，抓著門好奇問道，「那位李警官是不是你這次寫警察作主角的原因啊？」

徐遙一愣：「我說過，只是寫多了自由的偵探，想寫一下被各種規則束縛的偵探而已。」

「是嗎？我感覺他跟你寫的主角還挺相似的，高大帥氣，有點木訥但又有溫暖的內心。你看，他特意帶一位女警察過來，就是不希望對顧小姐造成壓力吧？」黃嘉麗都快把自己說服了，「你要不要考慮一下人家啊？」

「哈啊？」徐遙叫了起來，「妳在胡說什麼？」

「嘖嘖，你年紀不小了，性取向又跟大眾不同，難得有一個這麼好的男人，你至少先試探一下啊！」徐遙現在可以徹底肯定黃嘉麗已經完全恢復了，她還是那副熱心的婆婆媽媽語氣，根本不把徐遙年齡比她還大這件事放在心上，「你們看起來真的很配呢！」

「妳真的完全是一個大嬸了，我不想跟妳說話。」

徐遙剛剛才覺得不要再讓李秩踏入他的安全區，黃嘉麗就來搗亂了——而且偏偏是黃嘉麗，他除了翻白眼也沒有其他應對方法。此時，一通電話拯救了他，他一邊接電話，一邊揮手讓黃嘉麗回去，快步下樓離開。

「徐遙，你拜託我的事情差不多處理好了。」電話來自徐遙的一個大學同學白源鋒，他在美國畢業後就回國發展，現在在一間精神科醫院工作，「可是你真的要這麼冒險嗎？孫皓是很危險的殺人犯，冷靜的自戀型人格，要是他發現自己被欺騙了，說不定會做出什麼危險的舉動。」

「所以才需要你幫我，在他幫我催眠的時候，你一定要在旁邊觀察。」徐遙跟孫皓的交易——只要他幫徐遙進行催眠，他就幫他暗箱操作，讓他被診斷為精神失常，不必受牢獄之苦，改在精神病院裡接受治療——其實只是一個謊言。林森不可能讓他這樣做，他也沒有能力這樣做，「林森沒有發現什麼吧？」

「他以為孫皓是來做精神鑑定的，沒有起疑。」白源鋒問道，「如果你只是想透過催眠找出被遺忘的記憶，也有別的可靠的專家……」

「你以為我沒有找過其他人嗎？」徐遙嘆氣，「只能說我的心理防禦可能比別人更強，正規合法的手段無法突破的話，我只能試試偏方了。」

「偏方用不好是會死的。」白源鋒仍在盡最後的努力勸說，「我感覺你在病急亂投醫，你到底想找回什麼記憶？那很重要嗎？重要到你要跟一個殺人犯交易？」

「是，就是那麼重要，如果孫皓真的能成功喚起我的記憶，到時你就會明白我為什麼這樣說了。」徐遙深吸一口氣，「到時可能還需要你當證人。」

「證人？」

「對，表明我是不是一個殺人犯的證人。」

「投毒案，還針對孕婦，這也太惡毒了。」

永安區警察局裡，眾人聽完案情報告，王俊麟忍不住譴責道：「這次的凶手簡直不是人！」

「我知道大家情感上都把這個人當作殺人犯，但很可惜，根據法律規定，胎兒不能算是自然人，抓到了也不會依照謀殺罪起訴。但無論罪名如何，都不會改變這是一個喪盡天良的罪犯的事實。」張藍說道，「我們調查過兩名傷患的社會關係，她們沒有與人結怨，兩人的老公也沒有作案動機，最後的線索是藥物，李秩，你來說一下高醫生的意見。」

李秩應聲而起：「這兩起案件的毒藥都很明確，是一種用於終止妊娠的、叫『美服培酮』的藥品，俗稱『墮胎藥』，只能在註冊醫院或診所買到。但兩名傷患都沒有墮胎的需求，醫生根本不可能開這種藥物。透過調查，梁晨和顧芳菲都去過一家叫『暖愛』的孕婦護理中心，但那家中心並沒有幫會員開藥，她們也說那家護理中心沒有向她們推銷保健產品，所以暫時不清楚它和案件是否有關聯。」

張藍點點頭：「你和魏曉萌去看一下……曉萌，這次被害者都是女性，妳多注意一下，說不定有什麼關鍵證據會被我們遺漏。」

魏曉萌忽然被點名，唰地站了起來：「是，隊長。」

「其他人盡快調查傷患的人際關係跟網路紀錄，看看她們的關係是否真的那麼單純。」張藍還說了一個最讓人心寒的可能，「如果是有目標的投毒還比較容易調查，萬一是無差別針對孕婦的案件，那說明可能還有其他受害人，我們一刻都不能耽誤！」

「明白！我們馬上調查！」

眾人分頭行動，李秩和魏曉萌來到那家叫「暖愛」的孕婦護理中心。根據梁晨和顧芳菲的筆錄，兩人的護理師是同一個人，一個四十多歲叫李月華的女性。

李月華和一般人印象中和藹可親的護理師形象有很大不同，她個子不高，身材敦厚，一頭幹練的短髮下是一張表情嚴肅的臉，給人感覺她是一個全力奮鬥的商人，而不是一個耐心可親的女護理師。她知道來的人是警察後也沒有特別的情緒，只是讓他們稍等一會，她的一個學員還有十分鐘才能結束課程。

李秩和魏曉萌在她的辦公室等待，魏曉萌看見辦公室裡貼著很多李月華和其他母親孩子的合照，有的是在舉辦生日會，有的是在做手工藝，有的是在開交流會，看起來十分和諧融洽。她開玩笑道：「她好像我的小學班導，平時都板著一張臉，但總是為我們的學習而熬夜到三更半夜。」

引起魏曉萌感嘆的除了那些照片，還有櫃子裡厚厚的、一本本的檔案，檔案書脊上寫著不同客戶的名字：「副隊長，你以前是好學生還是壞學生啊？」

「不好不壞吧。」李秩的成績不差，但他十歲那年發生了太多事情，他想不止是他，可能連他那時候的老師都不能單純以成績來概括他那時候的表現到底算是好學生還是壞學生，「妳呢？」

「我當然是好學生，我每科都是第一名，還經常參加競賽，都有得獎呢！」魏曉萌正笑著，忽然噤聲，她拿起李月華桌上的照片，「這個孩子，怎麼……」

「嗯？」

「讓兩位久等了。」

李月華進門，魏曉萌連忙把照片放好，李秩掩護她，起身擋在李月華跟前，伸出手問好：「妳好，我叫李秩，這位是魏曉萌警官，我們是來問一下關於梁晨和顧芳菲兩位女士的資訊的。」

李月華卻沒有和李秩握手，徑直走到辦公桌後坐下：「她們兩位都是我的客戶，梁小姐今天應該要來上課的，但她沒來。」

「我想她短期內都不會過來了。」李秩收回手坐下，「她們兩個分別在昨天晚上和今天早上發生了意外，雖然醫生盡力搶救，但還是流產了。」

李月華那嚴肅的臉上露出了震驚，她關切問道：「她們身體還好嗎？沒有危險吧？」

「她們沒有生命危險，但是經過檢查，兩人都是因為服食了美服培酮而造成流產，我們懷疑她們是被人投毒所害。請問她們在這裡的活動一般是怎樣的？」

李月華皺了皺眉：「我們的課程就是教導新手母親怎麼照顧自己，怎樣合理規劃飲食作息，也會做一些物理訓練，幫助順利生產，還有怎麼處理情緒問題，和老公一起度過這段時間等等，內容很豐富，不知道你們想要什麼樣的資訊？」

「簡單來說，就是她們會不會在這裡吃東西？」李秩指了指牆上那些照片，「這些都是你們的會員活動吧？」

「是的，我們經常會有一些活動，但都是聚餐，大家吃的東西是一樣的。而且，美服培酮需要吃兩到三天，還要配合另一種藥物使用，這不是一次活動就能做到的。」李月華從抽屜裡拿出兩份檔案，「這是她們的檔案紀錄，你們可以拿去。」

「葉酸？」李秩翻開檔案，發現兩人的紀錄裡都有「建議補充葉酸」，「這是？」

「一種保健食品，懷孕早期我們都建議服用，但我們只是建議，沒有開藥，她們都是自己在外面購買葉酸服用的。」

「李老師，這是妳的孩子嗎？」魏曉萌指了指放在辦公桌上的照片。

那照片中的孩子，頭圍狹窄，眼距很大，鼻子以下的臉部顯得很寬，脖子粗短，而捧著玩具的手特別短小，不似常人。

李月華大概已經習慣別人的疑惑，很自然地回答道：「他是我的兒子，有唐氏症候群，今年十歲，但只有一兩歲孩子的智商。」

「妳真堅強。」魏曉萌小心翼翼地問道，「妳不會因為這個原因而遭到行業的歧視嗎？」

李月華愣了一下，似乎沒料到這個小姑娘會問她這樣的問題：「一開始會有一點……但她們也只是抱持著一種『我的孩子絕對不能這樣』的心情，並不是歧視我本人，相反，她們還會很信任我，我說什麼她們都會照做，也許我這樣的反面教材會更有震懾的力量吧？」

「謝謝妳，我們大致瞭解了，不打擾妳接下來的課程了。」

李秩向魏曉萌使了個眼色，魏曉萌意會，便拉著李月華道：「李老師，我能參觀一下嗎？我想以後我要生小孩的話，也要注意一下！」

「當然可以，可是有一些專案涉及女性隱私……」

「我不去，妳們放心參觀吧，我在大廳等就好了。」

李秩從善如流地退出，到大廳等著，等魏曉萌把李月華拉走，他才向櫃檯的工作人員詢問道：「李醫生的兒子平常會到這裡來嗎？」

「你說小範啊？他會來啊，我們都挺喜歡他的。」櫃檯小姐說起小範，很是喜愛的語氣，「他雖然有病，但是個很好的孩子，常常笑，我從來沒見過這麼開心的孩子，看著他那麼積極，就覺得自己那些挫折都是小事情了。」

「哦，那他是你們這裡的開心果啊？」李秩看了看兒童遊戲區，一些媽媽會把孩子放在那裡玩，自己去上課，「他今天怎麼沒有過來？」

「額……有一些人不太友好，小範如果被人取笑的話，會比較衝動。」櫃檯小姐回答時頗帶偏袒，「小孩子說話不知輕重，有一次，一個小孩取笑小範，小範很生氣，推倒了那個小孩，後來家長檢舉，李老師就不讓他過來了。」

「那李老師在上班，小範都由誰照顧？他的父親嗎？」可是合照上沒有男人。

「李老師離婚很久了，唉，生了這樣的孩子，也難怪……」櫃檯低聲道，「聽說李老師有一個小男朋友，都靠著李老師養，應該是他在照顧小範吧？」

「那……妳知道這個所謂的小男朋友是誰嗎？」

「那我就不知道了，只是聽說的嘛……」

說話間，李月華已經帶魏曉萌參觀完了。兩人離開「暖愛」，李秩向魏曉萌說了小範的事情，魏曉萌瞪大眼睛：「難道是梁晨跟顧芳菲都取笑過小範，所以李月華懷恨在心？」

「那她第一個該殺的是那個小孩的家長，而且她說得對，她沒有下藥的機會。」李秩仔細想了想李月華的話，「但既然媽媽們對她言聽計從，如果她推薦過某種牌子的藥物，那她們肯定會去買，也不是完全沒有可能……曉萌，妳去查一下梁晨跟顧芳菲都在哪裡買過類似的保健藥品，我去一趟特殊學校。」

「特殊學校？」魏曉萌詫異，「你真的覺得小範有犯罪嫌疑嗎？」

「我不懷疑孩子本人，但不代表他不重要，不要放過一切看起來毫無關聯的線索……」

李秩忽然咬了一下舌頭，魏曉萌卻已經笑開了：「又是徐老師小說裡的對白吧？我就說你是他的粉絲，你還不承認！」

「有這句話的偵探類型作品多如恆河沙數，怎麼就只說他呢！」

李秩咳了兩聲，趕走魏曉萌，自己往悅城的特殊學校去了。但是他抵達的時候，卻被告知李世範已經被接走了。

「接走他的人是誰？」李秩不解，明明李月華還在暖愛中心啊，難道真的有小男朋友？

「是小範的叔叔。」特殊學校的老師解釋道，「你們不要聽信謠言，那是李老師的弟弟。」

「哦，沒事，我只是確認一下。」

原來是弟弟，謠言果然都很離譜，李秩輕笑一下，搖搖頭便離開了。

「糖糖，糖糖！」

特殊學校附近的一條巷子裡，一個男人正拉著一個體態異常的孩子躲在暗處，孩子扯著男人的衣衫要糖果吃，他等李秩的車子離開後，才蹲下來摸摸小孩的頭：「小範乖，我們去看大船吧。」

——《無瞳之眼02》完

高寶書版集團
gobooks.com.tw

BL050

無瞳之眼02

作　　者　風花雪悅
繪　　者　BSM
編　　輯　任芸慧
校　　對　林雨欣
美術編輯　彭裕芳
排　　版　彭立瑋

發 行 人　朱凱蕾
出　　版　英屬維京群島商高寶國際有限公司臺灣分公司
　　　　　Global Group Holdings, Ltd.
地　　址　臺北市內湖區洲子街88號3樓
網　　址　www.gobooks.com.tw
電　　話　(02) 27992788
電　　郵　readers@gobooks.com.tw（讀者服務部）
　　　　　pr@gobooks.com.tw（公關諮詢部）
傳　　真　出版部　(02) 27990909　行銷部 (02) 27993088
郵政劃撥　50404557
戶　　名　三日月書版股份有限公司
發　　行　三日月書版股份有限公司/Printed in Taiwan
初版日期　2020年12月

國家圖書館出版品預行編目(CIP)資料

無瞳之眼 / 風花雪悅著.-- 初版. -- 臺北市：高寶國際, 2020.12-
　冊；　公分. --

ISBN　978-986-361-924-6(第2冊：平裝)

857.7　　109007251

三日月書版

三日月書版

GOBOOKS
& SITAK
GROUP©

GOBOOKS
& SITAK
GROUP©